じいいいい。
私は小一時間、産業廃棄物に変わった物体を睨み続けている。
「……えっと。デイジー様は何をしておられるんですか？」
王都の外れの錬金術師
3.
～ハズレ職業だったので、のんびりお店経営します～

リイン
デイジー
リリー
準男爵位を賜った
デイジーを皆でお祝い！

ケイト
マルク
レティア

「うわ、可愛い！」

もう、女子が萌えなくてどうするの～！

って物ばっかりだったのだ！

防寒装備の
ショッピングへ出発！

王都の外れの錬金術師
〜ハズレ職業だったので、のんびりお店経営します〜

3

著＝yocco
イラスト＝純粋

The alchemist on the outskirts of King's Landing
Author:yocco Illustration:Junsui

口絵・イラスト
純粋

装丁
木村デザイン・ラボ

CONTENTS

第一章　ただいま！

私はデイジー。十歳。

私は、ザルテンブルグの王都の外れで、錬金術のアトリエのオーナーをしているの。

錬金術師って、実験室に籠っているイメージが思い浮かぶかしら？

実はね、意外とそれだけじゃないのだ。

錬金術に必要な素材は、必ずしも街で手に入る訳じゃない。街の外に出て、素材採取をしなきゃいけない場合もある。

そういう訳で、私は今ちょうど賢者のハーブと癒《いや》しの苔《こけ》という素材を採りに行って、アトリエに帰ってきたところなのだ。

私のアトリエは、錬金工房とパン工房を併設している。

私が留守にしていた間は、錬金工房担当の助手のマーカスと、パン工房の担当のミィナがそれぞれしっかりアトリエを守ってくれている。

「「お帰りなさい！」」

そう言って快く出迎えてくれた彼らに挨拶をして、二人から私の不在中の報告を受けてから、私とアリエルは、アトリエの裏の畑に行くことにした。

「みんな。ただいま！」

畑に出て、一生懸命素材達のお世話をしてくれている精霊さん、妖精さん達に挨拶をする。

「デイジー！　お帰りなさい！」

「デイジー、その子はだぁれ？」

妖精さん達が口々に尋ねてくる。

「私は陽《ひ》のエルフのアリエルよ！　みんな、よろしくね！」

すると、アリエルの周りに妖精さん達が集まって戯れ出した。

アリエルは、今回の素材採取で出会ったエルフの女の子。見た目は七歳くらい。旅先で予定外にエルフの里に立ち寄ることになって、そこで出会った子だ。

「デイジー様の畑には精霊さんや妖精さんがいるんですね！」

アリエルが、周囲にいる精霊さんや妖精さんに向かって笑いかけた。

精霊の女の子が新しい仲間を祝福するように笑い、私達の周りでくるりと回りながら宙を舞う。

そんな彼女に、私は畑にやってきたもう一つの目的を口にした。

「この子達を、新たに畑に加えたいのよ。これからお世話をお願い出来るかしら？」

ポシェットから採取してきた薬草達と、世界樹の枝を取り出す。

「この子、世界樹じゃない！　凄《すご》いわ！」

さすがの精霊さんでも驚いたらしく、目をまん丸くして、ぱちぱちさせている。

「腕がなるわね！　任せて！」

せっかく本格的に外で冒険して採取してきた素材なんだから、自分の手で植えたいわね。

そう思って、アリエルと精霊さん達と一緒に、豊かな土で栄養いっぱいの畑に、素材達を植えていくことにした。ああ、癒しの苔が生えた岩は、日陰に立てかけて置くことにしたわ！

私とアリエルは手を土で汚しながら、新しい畑の仲間達を植えた。

「お水もあげないとね」

「根付くかどうか大切な時期ですから、たっぷりお水をあげてはどうでしょう？」

アリエルが提案してくれた。

「そうね。アリエルの言うとおりだわ。だったら栄養剤も混ぜたいわね。アリエル、マーカスに聞いて、栄養剤を工房の保管庫から持ってきてちょうだい」

「はい！」

アリエルが走って取りに行ってくれた。

私は、戻ってきた彼女から栄養剤を受け取った。まずは水魔法で作った純水をじょうろに満たして、その中に栄養剤を足す。新入りさんも含めて、素材達にじょうろで水やりをする私の周りには、精霊さんや妖精さん達が、楽しそうに舞っていた。

「さて、中に戻りましょうか」

アリエルを連れてアトリエに戻ろうとすると、ちょうどカチュアがアトリエに向かって通りを歩いているところだった。

カチュアはこの国の商業ギルド長《ちょう》の一人娘。さらに自分で商会を立ち上げた才媛。凄いでしょう？　私と二つしか歳も変わらないのよ？

彼女とは縁あって、今は不定期にだけれど私のアトリエの帳簿関係を見に来てくれる関係なのだ。

「あらデイジー、お帰りなさい！」

「カチュア、ただいま！」

私はカチュアに挨拶をしてから、少し冷えるから中に入ろうと誘って、三人でアトリエに入るのだった。

「ところで、その子は誰なの？」

「彼女は旅先で出会ったアリエルっていうの。アリエル、彼女はカチュアよ」

中へ入ってからカチュアに尋ねられたので、アリエルとカチュアをそれぞれ紹介した。

「私はデイジーのアトリエの会計をお手伝いしに来ているの。よろしくね、アリエル」

「アリエルです。よろしくお願いします。故郷をデイジー様に救っていただいたご縁で、デイジー様のお手伝いをさせていただきたいと思って、連れてきてもらいました！」

「デイジー様、戻っていらしたんですね」

そこにマーカスがやってきた。

「デイジー様、旅先でのお話、聞かせてください！」

ミィナも手が空いたのか、こちらへやってきた。

ちょうどいいとみんなで腰を下ろして、旅先での思い出話を話すことになった。

欲しかった賢者のハーブと癒しの苔という素材は無事手に入ったということ。

その途中で、どうしても賢者の塔に登りたくなって、その塔に登ったこと。でも、その塔の四十五階には竜の亜種のドレイクがいて、さすがに準備不足だねってことで、私達は再挑戦を誓いながらも撤退して、帰途についたことも。

アリエルのことについては、申し訳ないんだけれど少しごまかして説明した。

なぜなら、エルフは希少な存在で公にされていないから。彼女は、エルフだということがバレないように、偽装というスキルで耳を尖《とが》ったエルフのものから、人間の丸い形によそおっている。

だから当然、彼女の故郷の陽のエルフの里で枯れかけていた世界樹を救ったりした話も、お土産話からは省略している。

そんなアリエルについて、まずは部屋がいるだろうと家事の主担当のミィナに相談を持ちかけた。

「三階の空き部屋を彼女に使ってもらおうと思うんだけれど……」

私がそう言いかけると、ミィナがうーん、と考え込む。

「そこまでお部屋が汚い訳ではないのですが、軽くホコリを取り除きたいですし、寝具はおひさまに当てたいところですねえ……」

そのまま入ってもらうというのは、家事担当のミィナとしては納得がいかないらしく、彼女は眉尻を下げる。

「うーん、実家の客間に泊まれないかお願いしてこようかしら。じゃあ、このあと着替えたらアリエルと一緒に実家にお願いをしてくるわね」

そんな話をしていたら、チリンと錬金工房の方から呼び鈴の音がした。

「あ、お客さんですね。私、行ってきます。ああ、そうだ。先日ご実家のレームス様がいらっしゃって、帰ってきたら一度ご実家へ顔を出して欲しいと言伝《ことづて》を受けました。レームス様にしては珍しく随分慌てておいでのご様子でしたよ」

マーカスがそう告げると、立ち上がって錬金工房の店頭に足早に歩いていった。

さらに、パン工房の方からもお客さんが声をかけてきた。

「はわわ。お客さんみたいです！　私行ってきます！」

ミィナが慌ててパン工房へと向かうと、カチュアも椅子から立ち上がった。

「じゃあ、私も帳簿のチェックをしに行こうかしら」

そうして、みな散り散りに持ち場へと移動する。

そして残された私とアリエルは、実家に向かうことにしたのだった。

第二章　兄と姉の試練

兄妹の中でも一番冷静なレームスお兄様が慌てていたと聞いたので、私はすぐに実家に帰ることにした。アリエルも一緒だ。

けれど、私は自宅前でびっくりして立ち尽くしてしまう。

とにかく、どがん、どがんとすごい音がするのだ。多分あっちは、魔法の練習場があるはずの方向だ。

「お帰りなさいませ、デイジーお嬢様。お客様をお連れですか？」

玄関前で固まっている私を出向えにきてくれた、執事のセバスチャンが声をかけてくれる。

次に彼の視線がアリエルに向き、軽い会釈をする。アリエルもそれに答えていた。

「うん。私のアトリエで預かることにした、アリエルっていう子なんだけれど、まだアトリエの部屋の準備が出来ていないの。だから、何日かこっちで客室を借りられたらと思ったんだけれど……あの音は何なの？」

「それは、私の口からお伝え出来るほど軽い内容でもありませんので……。ささ、アリエル嬢もご一緒に、居間へどうぞ」

私達は、セバスチャンに案内されて、居間へと向かったのだった。

案内された先にはお母様がいた。

「あらあらデイジー！　久しぶりね。可愛《かわい》いお友達もいらっしゃい」

ささ、座ってと、お母様が座っているソファの向かいに腰を下ろすように促された。私達は、それに応えて腰を下ろす。

「お久しぶりです、お嬢様」

にこりと笑って私達に紅茶の用意をしてくれたのは、かつて私付きだった侍女のケイトだった。

「わぁ！　ケイト！」

私は、懐かしい顔に嬉《うれ》しくなって、つい勢いよく立ち上がろうとした。

「もう、お嬢様ダメですよ。相変わらずなんですから……」

私を制して、お茶を淹《い》れてくれる。でも、言葉と裏腹に表情はニッコリ笑って嬉しそうだ。

彼女は一礼をすると、まだ他の仕事があるのだろうか。その場を辞していった。

「そうだ、お母様。この子、旅先で出会ったアリエルといいます。私のアトリエで預かることにしたのですが、部屋の用意が出来るまで、こちらの客室を貸していただけませんか？」

お母様が紅茶を一口飲んでから口を開く。

「デイジーが預かるって決めたってことは、身元に問題はないんでしょう？　なら構わないわ。でも、ご両親の了解を得ているのかとか、あとで詳しい事情は教えてちょうだいね。まずはゆっくりしていらしてね、アリエルちゃん」

お母様がアリエルに向かってにっこりと微笑《ほほえ》みかけた。

「はい！　よろしくお願いします！」

アリエルは、元気に返事をして、ぺこりと頭を下げた。

それにしても、こうやって会話をしている間も凄い勢いで音がするのよね……。

「お母様、あの音は……」

「そうそう、デイジー。大変なのよ！　先日急に教会から『転職の啓示が下った』ってレームスとダリアに連絡が来てね。レームスには賢者、ダリアには聖女の職に転職せよってお達しがあったの」

「ええっ！　転職？」

私は驚いて口をつけようと思って持ち上げていたティーカップを落としそうになったが、かろうじて耐えた。

なぜそこまで驚くかといえば、基本的には職業は五歳の時に決められるもので、転職なんて聞いたことがなかったからだ。

それに、国に一人いるかいないかと言われる賢者と聖女が、我が家に二人ってどういうこと⁉

「それでね、レームスとダリアの前に賢者と聖女だった子は、神様に『相応《ふさわ》しくない』と、職を取り上げられたらしいのよ。だからなのか、レームスとダリアを逆恨みしてしまったようなのよ。二人とも、前の子に決闘を申し込まれちゃって」

……なんだか実家が大変なことになっている。

一体、神様は何を考えているのかしら？

そうしてお母様から事情を聞いていると、練習場からお父様、お兄様とお姉様が戻ってきた。その三人とお母様、私とアリエルが、居間のソファで対面する。

「急に、職業神様から神託が下ったって連絡があってね……」

「突然、賢者と聖女になれと言われたのよ」

アリエルの紹介が終わると、話題が移り、お兄様とお姉様が事情を説明してため息をついた。

お兄様は十二歳、お姉様は十一歳。

五歳の時に魔導師の職業を頂いて、それに見合うようにと努力してきたのに、さらなる試練が課されたのだそうだ。

確かに賢者と聖女は、とても誉高い職なのだけれど……。五歳に神託を頂いて、成人の十五歳までに努力するのに比べて、十歳を超えてから十五までに習熟せよとは、なかなか過酷なご神託だと思わない？

「私は、魔導師でしたから、聖女が使う光魔法と聖魔法の素養は元々なかったの。この歳から成人する十五歳までに習得しなければ！　と張り切っておりましたわ」

「それは大変ですね」

「ところが、それで済まなかったのよ。聖女だった方《かた》が、『正当な聖女を決めるために決闘を申し込む』と言って、私に手袋を投げ付けにいらして……しかも、『聖女なんだから、決闘に使うのは聖魔法と光魔法だけでいいですわよね！』って……！」

お姉様が膝の上で握った拳がふるふると震えている。

「私、まだ転職して光魔法と聖魔法の適性を得て一週間なのよ！　酷《ひど》いと思わない？」

そう言って、お姉様が爪を噛《か》む。貴族の令嬢として、してはならない仕草だ。でも、それほどまでに憤っているのだろう。隣に座るお母様が彼女をなだめるように肩を撫《な》で、反対の手で爪を噛む指をそっと下ろさせた。

「あれ？　聖女の職を剥奪《はくだつ》された方って、光魔法とか聖魔法とかの魔法を使えるんですか？」

職と一緒にその魔法適性も奪われるのかと思っていたので、ちょっと考えが追いつかない。

「職業の剥奪なんて、あまり例のあることじゃないから詳しくはないけれど、それがどうも使えるらしいんだ。じゃなきゃ、ダリアの決闘条件の聖魔法と光魔法の縛りは成り立たないだろう？　ああ、そうだ。噂《うわさ》だと二人共魔道士になったらしいよ」

とすると、多分聖女系の魔法は相手の方がより上級で強力な魔法を使える可能性がある訳ね。

なぜかというと、五歳からずっと魔法適性があったということだから。そして、職業を剥奪される前までは、職業神の恩恵で、魔法の行使能力も効率よく上がっていただろう。

ちなみに、魔導師と魔道士は、職として微妙に異なる。魔導師は、導師の字のとおり、『人を導く者』として管理職になれるが、魔道士の場合は、命令に従う魔法兵止まりである。

「私もね、学校の最上級生に、素行の悪い侯爵家の先輩がいてね。彼とは一年距離を置いておこうと思っていたんだよね。そうしたら神託で、彼の賢者は剥奪、そして私を指名するときたからねえ。いや参ったね。おかげで私もその先輩に手袋を投げ付けられて決闘を挑まれる始末だよ」

「それは……お兄様も大変ですね」

「そうなんだ。あの先輩、賢者かごく一部の人しか適性を得られない重力魔法を使ってね、嫌がる相手だろうと強引に跪《ひざまず》かせて喜んでいるような人でさあ……。ああいうやり方、嫌いなんだよね」

お兄様は、やれやれといった様子で肩を竦《すく》めた。

「まあ、そういう家庭の事情もあって、私も子供のために休暇を取ることを認められてね。それで、練習場で二人の特訓をしていたという訳なんだ」

そこにお父様が会話に入ってくる。

「そもそもうちは子爵家だろう？　下級貴族の身で、格上の家のご子息とご令嬢の職を奪ったみたいに彼らの親に言われるものだから、私も職場で肩身が狭くてね。軍務卿が見かねて、休めと言ってくださったんだよ……」

お父様が疲れた様子でため息をつく。

……本来なら喜ばしいことなのに。

決闘云々《うんぬん》がなければ、大変とはいえ、お兄様もお姉様も成人までにはと努力をされたはず。

面倒なのは、神託を逆恨みして決闘を申し込んできた二人だ。話によれば一か月後が決闘の日らしい。これは酷い。特に、お姉様の属性縛りの条件は、はっきり言って嫌がらせとか八つ当たり、お姉様に恥をかかせたいという、そんな目的がみえみえだ。

基本的に職業は神託、だから神様にしか変えられないのにね。

「うーん、私はそういう大人の貴族の事情には疎いんですけど……でも、決闘って断れませんでしたっけ？」

確か、手袋を投げ付けられたとしても、それを拾わなければ成立しないはずよね。

「私の場合は、侍女と共に街に出ていた時に、元聖女とその取り巻きに囲まれて、拾ってもいないのに、『拾ったぞ！　決闘だ！』と強引に嘘《うそ》の事実を立証されてしまいましたの……。一体、一か月でどうしろと……」

気の強いお姉様なのに、むしろ、気の強いお姉様だからなのか、勝ちたいのに勝機が見えない悔しさからか、目を涙でうるませて、膝に置いた拳をぎゅっと握りしめる。

「まあ、私の場合も、場所が学園だったたっていうだけで、あとは概《おおむ》ね似たような状況かな。どうもあの二人結託しているようだから」

そう言って、レームスお兄様がやれやれと肩を竦める。

「ご家族のお話に口を挟んでしまって申し訳ありませんが……少しお聞きしてもよろしいですか？」

今まで黙っていたアリエルが突然話に参加してきた。

「あ、アリエルは光魔法や聖魔法に熟練しているものね！　なにかアイディアとかあったりする？」

うん、お姉様より使いこなしている分、なにかいい案を持っているかもしれないわ！

「デイジー様のお姉様は、今、聖魔法と光魔法のスキルはどれくらいですか？　それと、総魔力量は潤沢ですか？」

「今は、初級回復《ヒール》と光弾《ライトボール》、聖なる光《ホーリーライト》……基本魔法が出来るようになったばかりです。でも、魔力量はかなり潤沢ですわ」

そして、それでどうなるのだろう、とでもいうように、お姉様が首を傾《かし》げる。

「なるほど……。ならまだ勝機はあるかもしれません。デイジー様のお兄様、お姉様。私はデイジー様に故郷を救っていただいた身です。ですから、デイジー様のご家族が困っていらっしゃるなら、それを手助けするのはご恩返しのようなものです。……お力になりましょう」

にっこりと笑う、見かけ七歳女児。

私を除いた家族は困惑顔だ。

まあ、当然よね？

私の家族の表情を見て、アリエルが、はた、と気がついたといった様子で言葉を付け加える。

「ああ！　子供にしか見えないので驚いてらっしゃいますね！　種族の関係でこの見た目ですけれど、私、エルフで五十歳ですから！　あ、これ、内緒でお願いしますね！」

ニコッと笑って種族と実年齢を告げるアリエル。しーっと唇の前には人差し指が添えられる。

その事実を告げられた家族はぽかんとしていた。

アリエルがお姉様とお兄様の特訓のサポートに入ることになり、アリエルはその間実家の客人として扱われることになった。

◆

「うーん。私に何かお手伝い出来ることはないかしら？」

私はアトリエに戻った。

けれど、お兄様とお姉様が特訓する一か月の間に、何かサポート出来ることはないのかと、もどかしく思って、アトリエの仲間に相談した。

「確か、魔法の訓練をなさっているんですよね？」

「そうなのよ」

マーカスとミィナには、アリエルが一か月の間実家に滞在することと、その理由を伝えていた。

「そうすると、マナポーションの差し入れは嬉しいのではないでしょうか？」

「まあ、確かにそうよね」

お兄様とお姉様は、総魔力量は潤沢といっても、魔力をたくさん消費すれば疲労を感じるだろう。そう考えると、マーカスの提案は適切である気がした。

「あとは、魔法の特訓でしたら、体力を使うことはないでしょうけれど、レモンの蜂蜜漬けの差し入れというのはどうでしょう？　あれを水割りにすれば、さっぱりしていて疲れが癒えると聞きますよ」

ミィナらしい飲み物の案も、差し入れとして良い気がした。

「そうね！　そうしましょう。二人共、ありがとう！」

そうして、差し入れに行ったのだけれど、今度は、「睡眠時間を削っているらしいの」というお母様の、お兄様達を心配する言葉を耳にした。

「そもそも健康に良いとは言い難《にく》いですが……せめて疲労回復用に、ポーションを差し入れしても良いかもしれませんね」

再び持ち帰って相談すると、マーカスからそんな回答が返ってきて、差し入れの品が追加された。

そうして私は、一か月の間定期的に実家に通い、差し入れをして応援するのだった。

◆

そして、とうとう決闘当日がやってきた。

場所は、王城の中にある闘技場。

本来ならば私怨の決闘ごときに使われる場所ではないのだけれど、元聖女と元賢者側が、「国の聖女と賢者として正当な者を決めるための決闘なのだから、然《しか》るべき場所で行うべきだ」と主張したらしい。

何度も言うけど、決めるのは神様なのよ？

内状としては、彼らの親が格の高い貴族家で、国王陛下でも、結託した両家を黙らせることが難しかったらしく、渋々この場所で決闘を行うことを認めたらしい。

そして、その名目と立場上、国王陛下の御一家《ごいっか》も観戦されることになったそうだ。

神託を下ろす教会も、元賢者と元聖女にかなりご立腹らしい。何せ『神託に文句をつける』ということは『神の決定に文句を言う』のと同義。しかも、人の身で『決闘によって相応しき者を決めろ』など、傲慢不遜だというのが本音なのだそうだ。

教会としては、決闘の結果がどうであれ、賢者と聖女を変える気もないらしい。

というか、出来ないはずなのだ。

けれど、国王陛下と理由を同じくして、両家を止められず、その結果、この国での最高位の聖職者である枢機卿《すうききょう》が観戦席にいらっしゃることになったのだそうだ。

広い円形の闘技場の観客席は人で埋まり、その中に私とお父様とお母様、アリエルがお兄様とお姉様を見守るために座っていた。

まずは聖女対決。

十四歳の元聖女の勝手な主張により、光属性と聖属性の使用しか認められない。

新聖女である十一歳のお姉様は、聖女になってから一か月ちょっとしか経《た》っていないのだから、酷い条件だとあらためて思う。

観戦席で見守る私達家族の周りの観客達も、「幾らなんでも新聖女に不利過ぎるだろう！」「聖女様は大丈夫なのか？」と怒りや心配の声が上がっている。

「どうせ聖女になって一か月。どんなに頑張っても初級回復《ヒール》と光弾《ライトボール》が出来ればいいってところかしら？　ねえ？　ダリアさん」

口元に手の甲を添えて挑発して笑うのは、フィデス・フォン・リッケンドロップ。公爵家の娘だ。

「……そうかもしれませんわね。それならば、五歳から先日まで聖女だった貴女《あなた》は、一体どれ程の努力をなさったのかしら？　見せていただきましょうか？」

お姉様の言葉に、フィデスがギリ、と赤い唇を噛む。

「……生意気だわ！　大体、聖女が生まれるといえばリッケンドロップ家なのよ！　その正当な後継者にふさわしい、華麗で壮大な魔法でその口を塞いであげる！」

フィデスが両手をあげる。そして相対するようにお姉様が片手をあげる。

「天の門よ。全てを焼き払う神々の……」

「光弾《ライトボール》、無限」

「……え、何それ……」

フィデスが慣れない大魔法を詠唱の力を借りて起動する前に、お姉様の頭上に数え切れないほどの光弾《ライトボール》が浮かび上がる。

その圧倒的な数に、私は思わず目を見開いて息をのむ。


……お姉様、凄い！


「派手なばかりじゃ実戦には向かないのよ！」

お姉様が掲げた手を振り下ろすと、無数の光弾《ライトボール》がフィデスを襲い、その光により生まれた熱で彼女の身を焼いていく。

「きゃ！　いた！　あづ！　やめ……！」

無限かと思うほどの光弾を当てられて、フィデスの体が宙に浮き、踊る。

フィデスが唱えかけた詠唱は途中で終わり、新たに唱え直す暇《いとま》は与えられない。

ボロボロになっていくフィデスを見た審判と回復師が、慌てて決闘終了を宣言する。

「勝負あり！　勝者ダリア・フォン・プレスラリア！」

フィデスは、服は焼け焦げボロボロで、重度の火傷《やけど》を負い、回復師の手で治療を受けながら担架

に乗せられて退場していった。

あとで聞いたのだけれど、アリエルがお姉様達に教えたこと、それは魔法の『並行起動《パラレルシンキング》』なのだそうだ。

魔法はまず基本的に、初級、中級、上級と上がるほど単体での威力は上がる。けれど、初級魔法でも高ダメージを与える方法はある。『数の力』で押すという方法がその一つだ。

ただし、これには高度な魔法のコントロール力が必要になる。お姉様は、アリエルに教わってから、まず二個、そして三個、四個、五個……と、この一か月魔力操作に励んだのだ。

寝る時間を削ってまで。

そして、二つ目に、魔法というものは詠唱者の実力によって、同じ魔法でも威力は格段に変わる。

その二つの要因が合わさった結果、高威力の初級魔法を無数に叩《たた》き付けられたフィデスは文字どおりボロボロになった。

それに対してフィデスのケース。

上級の魔法になるほど、詠唱を省略したいわゆる無詠唱で発動することは難しくなる。聖女としての華やかさをアピールするべく上級魔法を詠唱ありで発動しようとした彼女の作戦負けだった。

そして次は、賢者対決。お兄様の番だ。

お兄様の相手は元賢者のアドルフ・フォン・デッケン。侯爵家の息子だ。

「レームス君。僕はフィデスのようにはいかないから、覚悟するようにね。重力加増《グラビティ》」

「重力加増無効《キャンセル》」

アドルフがお兄様を地面に跪《ひざまず》かせようと思ったのだろうか。重力加増《グラビティ》の魔法を唱えたが、それとほぼ同時に、お兄様が自分に対してゼロ、すなわち、その魔法をキャンセルした。

「なっ」

「やると思った。貴方《あなた》、人前で強引に跪かせるのがお好きでしたからね」

キャンセルされて動揺するアドルフに対して、お兄様からすると予想どおりの展開だったらしい。

動揺するアドルフと、余裕を見せるお兄様。


……お兄様、かっこいいわ！　頑張って！


観客席で見守るしか出来ない私は、両手を祈るように組んで、固唾を飲んでその対決を見守る。

「じゃあこれはどうだ！　速度低下《スロウ》！」

「加速《クイック》」

速度低下のハンディキャップを与えようとすると、お兄様はすぐにその反対の魔法を自分にかけて無効化する。

「なぜ賢者か、限られた魔導師にしか使えない魔法を、お前がもう使いこなしているんだ！

炎の嵐《ファイアストーム》！」

「氷の壁《アイスウオール》！」

炎を受け止める氷の壁。

お兄様は、地を蹴って壁の端へサイドステップして、次の魔法を繰り出す。

「雷光《ライトニング》」

それを出遅れたアドルフに命中させ、彼を軽い感電状態、すなわち麻痺《まひ》状態にした。

「……応用属性の雷、だと……？」

アドルフが動揺して呟《つぶや》くとおり、基本属性の中に『雷属性』というものはない。『風』と『水』二つの性質を持った魔力を練って、初めて行使可能な魔法なのだ。

「一か月、寝る間も惜しんで鍛えましたから。それに先輩、妨害攻撃お好きでしょう。だから、それをキャンセルする方法は優先的に習得したんです。ご自分が身動き取れなくされる気分はどうですか？　さ、反省して降伏してください。もう動けないでしょう？」

お兄様は、痛めつけることは本意ではないのか、降伏を求めてアドルフの回答を待っていた。

アドルフがギリリと屈辱からか強く唇を噛《か》む。そこから顎へ向かって血が一筋流れる。

「降伏するくらいなら、手段を選ばずに殺してやる……」

暗い顔をして、ボソリとアドルフが呟いた。

「……悪魔召喚《サモンデビル》、アスモデウス」

アドルフが呟く。そして彼の顎から血が一滴こぼれ落ちると、そこからアドルフの周りに闇色の光を放つ魔法陣が描き出される。そこは地面が溶けて水面《みなも》になったかのように、一点を中心として複数の円を描く。

その一点から異界の住人が姿を現す。

頭にヤギの角が二本、そして背中には堕天使《あくま》の証《あかし》の黒い翼。

「……それが、神に見放された理由でしたか」

お兄様は呆《あき》れたようにため息をついた。当たり前だ、さらなる強さに欲をかき、悪魔の召喚という邪法に手を出したのだから。

「転移《テレポート》」

そう呟くと、召喚者であるアドルフはどこかに消えてしまった。

突然の異形の出現に、観客は騒然となる。だが、慌てて逃げようとする者達で詰まった通路は封鎖状態だ。

護衛兵達も、国王御一家を待避させようと誘導する。

だが、陛下だけはその場に留《とど》まられた。

「私は、国の統治者としてこの決闘は見届けなくてはならないと思う。ウィリアム、お前はお母様と妹を守って安全な場所に逃げなさい」

「……はい、父上もどうかご無事で」

王子殿下は妃殿下達を庇《かば》いながらその場をあとにされた。

「猊下《げいか》！　どうか安全な場所へ！」

教会付きの聖騎士に避難を求められるが、枢機卿も首を横に振られた。

「私には神の御心《みこころ》と、その結果を見届ける義務がある。それに、私はこの国の聖職者の長《おさ》。新賢者の手に負えなければ、私がアレを始末しないとならんだろう？」

そう言って、席にお座りになったまま成り行きを見守る構えだ。

「それに、ここで相応の実力を新賢者が見せつけることが出来れば、神のご判断が正しかったと、そして、彼にとっても自分こそが賢者と示せることだろう。期待に応えなさい、新賢者よ」

退避を勧めた聖騎士は、その御言葉に寄り添うように、猊下の脇に立つ。

それにしても、悪魔を呼び出すだなんて。なにか私がお兄様のお力になれることは……？

私がその場で悩んでいると、お父様が声を上げた。

「レームス！　さすがにお前だけでは荷が重い！　私もそちらへ加勢する！」

観客席からお父様が駆けていって、決闘場に乗り込もうとする。

「ダメだと決まるまで、私にやらせてください。これは私の試練です！　灼熱火炎地獄《インフェルノ》！」

お兄様がお父様を止めて、その魔法を唱える。

それはお父様の得意とする、そしてお父様が『劫炎《ごうえん》』の二つ名で呼ばれる理由である上位魔法。

その業火を、お兄様は片手に一個ずつ、合計二つ起こしていた。

「……レームス……」

お父様が瞠目《どうもく》し、そして絶句する。

「……お父様は、私の憧れであり目標。そして、次期当主として乗り越えるべき方。だから、この魔法で悪魔《アレ》を倒してみせます。……あなたの息子として」

そう言って、お兄様はお父様に顔だけ向けて、にっこりと微笑《ほほえ》みかけた。

そのあと、お兄様は再び悪魔の方へ顔を戻し、その邪悪な存在を睨《ね》め付ける。

「そうだ！　私はプレスラリア家の長子。我が家名にかけて、負けてなるものか！　そして私はこの国の守護者たる賢者。……この炎で邪悪な者を退けてみせる！」

お兄様が二個の業火を悪魔に向けて投げ付ける。しかし、悪魔は黒い翼を広げて空に逃げる。

「それならば、こうするまで……。灼熱火炎地獄《インフェルノ》！　竜巻《トルネード》！」

お兄様は片手に炎を、反対の手に風を起こし、それをぶつける。するとそれは宙に浮く豪炎の竜巻となって悪魔を追いかける。

火魔法と風魔法の融合。並行起動《パラレルシンキング》の応用だ。

逃げようとした悪魔は、竜巻に飲み込まれ、業火に身を焼かれていく。

「グ……ッ。貧弱な者に呼ばれたばかりで力が満ちていないとはいえ……。まあ、粘っても割に合わんか」

身を焼かれる苦痛に耐えかね、レームスお兄様を睨《にら》み付けながらも、悪魔はその姿を消した。

「「レームス！」」

「「お兄様！」」

お父様とお母様、そしてお姉様と私が、レームスお兄様の元へ駆け付ける。そして、お父様がその大きな腕で家族を抱きしめた。一緒に来ていたアリエルも、観客席から笑顔で拍手を送っている。

「……賢者だ……この国の守護者たる若き賢者様だ！」

「そして、これから国を護《まも》ってくださる聖女様もいる！」

「この国は安泰だ！」

「ザルテンブルグ万歳！　国王陛下万歳！　猊下万歳！　賢者様万歳！　聖女様万歳！」

国王陛下と枢機卿猊下が私達家族の様子に目を細めて見守る中、逃げ遅れた観衆達から盛大な歓声が上がる。その声には若き賢者と聖女の誕生への期待が満ち溢《あふ》れていた。

だが、元賢者と同じく、元聖女も治療を受けると行方をくらまし、その行先は追跡出来なかった。本人達の処罰は叶《かな》わない。結局、親の監督不行届という名目で、それぞれの実家は、爵位の大幅な降格と、領地の大部分を召し上げられるという形でこの騒動は幕を下ろしたのだった。

◆

フィデスはアドルフの転移魔法によって連れ出されていた。今は人気のない森の中に潜んでいる。

「これからどうするつもり？　アドルフ」

「シュヴァルツリッター帝国に亡命する。あそこなら、この国の宗教は関係ない。実力主義で賢者と聖女としてやっていけるだろう」

アドルフは内心フィデスをバカにしている。聖女とちやほやされた挙句くだらない男遊びで身を落とした女。まあ、だが僕が亡命するまでの回復役と、シュヴァルツリッター帝国への手土産にはちょうどいいだろう。能力としては『聖女』たるスキルを持っているのだから。

そんな彼らは、その瞬間、体から力が抜けていくのを感じる。

それは、『職業神の恩恵』。神の温情で『魔道士』を与えたにもかかわらず、さらに神意に背く行為を行った結果『無職』『恩恵なし』となったのだ。

「はっ、神がなんだというんだ。だったらあの神とは無縁の国に行くまでだ」

彼らは、かつてデイジーの師匠であるアナスタシアやリィンの祖父ドラグが亡命してきた、軍事国家を目指すのだった。

第三章　錬金術師のアトリエ経営

決闘騒動で、アリエルがまだアトリエではなく実家の客人で、せっせと私も差し入れに実家訪問をしていた頃のお話。

その日、お店はミィナとマーカスに任せていた。

なぜかというと、せっかくこの前の冒険で素材を手に入れたのだから、それを素材にして、アトリエにおく品揃《しなぞろ》えを増やせないかと思ったのだ。

冒険先で手に入れた宝箱から出てきたすばやさの種。

そして根付くのを待っているのは、賢者のハーブと、癒《いや》しの苔《こけ》、あとは予定外に採取してきたエルフの真珠草など。

そこでまず考えたのは、すばやさの種の栽培。こういったステータスアップ系の種って、冒険……ダンジョンとかで、まれに手に入るらしいんだけれど、それを育てること、計画的に栽培した人はいないと教わった。

だから、希少品なのだと。

そこでマルク達に、栽培してみて欲しいと種を分けてもらっていたのだ。

これを増やせたら、きっとアトリエの新商品になるわよね？

だから私は、二階のリビングで栽培方法を調べていた。

読んでいるのは、王妃殿下から頂いた特装版の『植物大全』。

子供の頃から持っていた図鑑よりも、見た目だけでなく本自体が分厚く、中身が充実している。

とそこで、あるページで手が止まった。その中の、『植物の交配について』という項目に、興味が湧いたのだ。

植物の交配。

それは、お花が咲いた時に、親戚のようだけど違う種類の植物同士で、花粉をお花にポンポンくっつけると、違う種類の植物が出来ることがあるらしいのだ。

まあ、錬金術からはちょっと離れてないかって？

いいんじゃない？

だって、私は興味があることを調べたいんだもの。

でも、それだけじゃつまらない。

品種改良で色んな効果を持った新しい種を作ることが出来ないかしら！　そう思ったのだ。

だけど、手元にあるのはすばやさの種だけ。交配するなら他の種がいる。

マルク達に聞いた、力の種とかって、どこに売っているのかな？

「ねえ、マーカス。聞いていいかしら？」

実験室に移動して、納品用のポーションを調合中のマーカスに声をかけてみた。

「えっと……。はい！　なんでしょう？」

マーカスが作業の手をキリのいいところで止めて、聞く体勢になってくれる。

「ステータス向上系の……例えば力の種とかって売っているところ知らないかしら？」

うーん、とマーカスは顎に手を添えて唸《うな》る。

「そういうのは冒険者のマルクさんやレティアさんが詳しいのでは……」

困らせてしまった。尋ねる相手を間違えちゃったらしい。

とはいっても、今マルク達は王都を離れているし、私自身は冒険者ギルドには面識がないのだ。

だったら、商業ギルドのお姉さんに聞いてみる？

確か、冒険者ギルドから商業ギルドへ卸される品もあると、聞いた記憶を思い出したのだ。

私は、外出することを伝えて、リーフと一緒に街に出ることにした。私一人の時は、リーフには
フェンリルの姿でついてきてもらう。この方が安全よね！

そうして、体力作りも兼ねて、リーフと並んで徒歩で商業ギルドまで歩いていく。

商業ギルドの本部に到着して、相変わらず高いなあ、と建物を見上げてから中に入る。

「こんにちは」

いつもの受付嬢に挨拶をする。

「あらデイジー様、いらっしゃいませ。今日はどんな御用でしょうか？」

彼女は綺麗《きれい》な笑顔で迎えてくれる。

「教えていただきたいんですけれど、ステータス向上系の種、例えば力の種とかを扱っているお店
ってご存じですか？」

「……ああ、なるほど。あまり取引がない品ですから、迷われますよね……少々お待ちください、

確認してまいります。その間デイジー様は、ロビーのソファで待っていらしてくださいね」

そう言うと、彼女は魔道具の通信機を使ってなにやら話し出し、そして移動したので、私は素直にロビーに移動することにした。

……それにしても、魔道具の昇降機に通信機。王宮よりも贅沢《ぜいたく》なんじゃないかしら、ここ。

そんなことを考えながら待っていると、一度どこかへ移動した受付嬢が、手に袋を持って戻ってきて私の元へやってきた。

「デイジー様、お待たせいたしました。力の種三粒だけなのですが、まだ商店に卸す前の物がありまして、商店への卸値と同じ価格でしたらお譲り出来ます。いかがされますか？」

「買い取ります！」

私は、即決して精算してもらい、種を手にほくほくしながら自宅へ帰った。


アトリエに戻って、私は調理場に立ち寄る。

「ミィナ、少しイチゴジャムを貰《もら》ってもいいかしら？」

「はーい！」

私は調理場から店舗へ続く入口から顔を出して、店舗で接客しているミィナに許可を貰う。

「お皿にちょこっと盛って……」

瓶からスプーンでジャムを掬《すく》って、小皿に盛る。これは妖精さん達への差し入れ。あまーいジャムは、妖精さん達の大好物なのだ。

遠出していた間も、マーカスと一緒に大事な畑を守ってくれていた、私の畑の大事な守り人達。彼らには、帰宅した時に、挨拶と、一緒に畑の世話をしただけ。

だから、ちゃんとお礼をしたかったのだ。

私はお皿と種を持って、畑に出る。

「「「デイジー！」」」

笑顔の妖精さん達が、私の周りに集まってくる。

「わっ！　みんな今日も元気ね！　いつも畑を見てくれてありがとう。ジャムを差し入れに持ってきたから楽しんでね」

そう言って、屋外用の戸棚の上にお皿をコトリと置いた。

すると、そのお皿に妖精さん達がわっと集まってくる。みんな美味《おい》しそうに、手で掬って舐《な》めているわ。その嬉《うれ》しそうな笑顔に、私はつい、ふふっと微笑んでしまう。

「ねね。こないだ新しく来た子達の様子、見ていくでしょう？」

素材採取の旅の前に、妖精から精霊に昇格した女の子が、私を誘いたいとばかりに、小さなその手で私の手を引っ張る。

妖精さんが手のひらくらいの大きさだとすると、精霊さんである彼女は人間の赤ちゃんくらいの大きさがある。そして、羽の枚数も違う。妖精さんは一対二枚なのに対して、精霊さんは左右二枚で計四枚の羽を持つのだ。

彼女は緑の精霊だからなのだろうか。春の若葉のような瑞々《みずみず》しい緑色のさらりと長い髪の毛と、ペリドットのようにキラキラと輝く瞳を持っている。

「畑にお迎えした、世界樹さんと、賢者のハーブと、癒しの苔達ね！」

「そうよ！　みんな元気にしているわよ！」

誘われるままに、まず一番日の当たりの良い庭の端っこに連れていかれる。そこには、まだ小さな世界樹が、一生懸命おひさまの光を、その葉っぱいっぱいに受けとめていた。

「世界樹を連れてきちゃうなんてびっくりしたわ！　でも、この子が育ったら、この畑は私達にとっても、さらに過ごしやすい場所になるわ！」

自分の頰《ほお》に両手を添えて、彼女はうっとり夢見るように目を閉じて、嬉しそうにくるりと回った。

「そして、次はこっちね！」

今度は建物の陰に隠れる場所に、さらに戸板を斜めにして日当たりを悪くしたところ。そこに、癒しの苔が生えた岩が置いてある。ジメジメとしっかり湿気が保たれているようで、こちらも瑞々しくイキイキとして元気だ。

「あとは〜、畑の子達ね！」

「もう〜！　そんなに引っ張らなくても畑の子達は逃げないでしょう？」

張り切っている精霊さんの様子が可愛くて、くすくす笑いながら精霊さんに引っ張られて畑へ移動する。

行ってみると、賢者のハーブと、陽のエルフの里で偶然見つけた、エルフの真珠草、エルフの癒し草、エルフの魔力草が、大きく葉っぱを開いてお日様に向けていた。

「これで新入りの子達は全部ね！　もう少しここに慣れたら、葉っぱを持っていっても大丈夫だと思うわよ！」

精霊さんが、両方の腰に手を添え、エッヘンとばかりに胸を張る。

うーん。あとはさらに新しい子を植えたいことを伝えないといけないわね。

「ねえ、精霊さん。私この、すばやさの種と力の種を育てて、交配してみたいのよね」

そう言って、二種類の種を三粒ずつ、計六粒を持っていた袋から手のひらに出して見せた。

精霊さんは、私の言葉を聞いて首を傾《かし》げる。

「……デイジー、三粒ずつしか種がないんでしょう？　だったら、交配はまだ気が早いわ。まずはこの子達を一度普通に実らせて、ちゃんと種を増やさないと！　交配なんて最初からやっちゃダメよ。育ちが悪かったら、そもそも種がなくなっちゃうわよ？」

あらら。気が早いって言われちゃったわ。

「そうねえ、最初は水捌《みずは》けの良い鉢植えに植えた方がいいわ。で、しっかり根が育ったら大きな鉢か、地面に植え替えってところかしら……あ、そうそう、その子達、木に育つからね」

……あれ。何となく今まで畑に植えてばかりだったから、てっきりこれも畑に植える物だと思っていたら、木に育つのかぁ。まあ、言われてみればそうよね。これはどう見ても木の実だわ。

結局、開店時のお祝いの鉢植えのお花も終わって、余っていた横長の鉢植えに、土と作り置きの

豊かな土を混ぜた物を入れて、種を同じ種類ごとに三個ずつ植えることにした。

◆

種まきを終えて、一週間くらい経《た》ったある朝のこと。

「コンコン」

私は部屋の窓を叩《たた》く音を耳にして目が覚めた。


……何かしら？


窓辺に移動してみると、窓の外に例の精霊の女の子がいた。

「デイジー！　そろそろ賢者のハーブと癒しの苔が落ち着いて、採取出来るわよ！」

私が待ち望んでいた素材が採取出来ることを、わざわざ教えに来てくれたらしい。

「ありがとう精霊さん！　朝ごはんを食べたら早速お庭に向かうわ！」

私は、寝間着からワンピースに着替えて、顔を洗う。そして、ドレッサーの前で髪の毛をとかして、お下げに編んで。前髪をお花のヘアピンでとめたら完成！

階段を下りて、食卓テーブルのある二階へ向かう。そして、みんなに声をかける。

「おはよう！」

「「おはようございます！」」

ミィナとマーカスが揃《そろ》って朝の挨拶を返してくれる。

テーブルに載っているのは、ミィナが用意してくれたシンプルなふんわりパンと、ソーセージが二本と目玉焼き。そして、牛乳。我がアトリエの定番の朝食だ。

「「「いただきます！」」」

椅子に腰を下ろして、みんなで揃って食事を始める。

「そういえば、アリエルさんがいらっしゃるのはまだ先になりそうですか？」

ミィナに質問された。うん、家事の都合もあるから彼女が一番気になるはず。でも、アリエルはお兄様とお姉様の特訓の付き合いをするから、まだしばらくアトリエには来られないのだ。

「うちのお兄様とお姉様の決闘が終わったら、うちに来ると思うわ」

「うーん。デイジー様のお兄様とお姉様ですよねぇ。決闘向けの指導をなさっているなんて、あんな可愛らしい小さなお嬢さんなのに、人の能力は見かけによらないんですね」

……小さいけど五十歳だしなぁ。

感心しながら、朝食をパクパクと食べているミィナを眺めつつ、いつかちゃんと話した方がいいのかしら？　と私は思案するのだった。

朝食を終えて、私は苔《こけ》を載せるためのお皿を持って畑に出た。

「みんなおはよう！」

精霊さんや妖精さん達に挨拶をして、まずは賢者のハーブのところへ。

【賢者のハーブ】
分類：植物　　品質：高品質　　レア：B
詳細：肉厚な葉に魔素《マナ》をたっぷり貯《たくわ》える。イキイキとしてやる気満々だ！
気持ち：もう、準備出来ているよ！

……ふふ。『やる気満々！』ですって。

鑑定さんの評価に思わずクスッと笑っちゃう。

「じゃあ、葉《いや》っぱを数枚頂くわね」

そして、癒しの苔は、と……。

【癒しの苔】
分類：植物　　品質：高品質　　レア：B
詳細：魔力があり、薬剤の元に使われる。とても瑞々しくイキイキしている。
気持ち：準備万端！

「じゃあ、必要な分頂いていくわね！」

スプーンで苔を掬って、お皿に載せた。

そして、実験室へ移動した。

「苔って扱うのは初めてね……。やっぱり、念《ねん》のためにエキスは別々で抽出しようかな」

マーカスが朝一で準備してくれる蒸留水の在処《ありか》を確認し、素材を洗って余分な水気をとる。

そして、賢者のハーブと癒しの苔を少しだけ齧《かじ》って、苦味の確認をする。

「ん。どっちも苦くないのね。じゃあ、このままみじん切りにするだけでエキス抽出しましょう」

まずは、慣れている葉っぱの物、賢者のハーブの葉をみじん切りにして、少なめの水と一緒にビーカーに入れて加熱する。

【マナのエキス？？？】
分類：薬品のもと　　品質：低品質（マイナス3）　　レア：B
詳細：成分の抽出が出来ていない。
気持ち：もっと温かくてもいいいんじゃない？

少し経つと、ビーカーのガラス面に小さな気泡が付き始め、だんだんその気泡が大きくなってくる。

うん。こういうのって久しぶり。こういうビーカー使っての作業が、私の錬金術の原点だもの。

水が温まり、その表情が変わっていくのを、私は懐かしい感覚に自然と唇が笑みの形を取るのを感じながら、経過を見守る。やがて、ビーカーの中で気泡がポコポコと水面に上り始めた。

【マナのエキス】
分類：薬品のもと　　品質：低品質（マイナス1）　　レア：B
詳細：成分が少し溶け出し始めている。
気持ち：うん、このくらいこのくらい。いい湯加減だね！

葉っぱはいつもこれくらいの温度だと上手《うま》くいくのよね。しかも、『いい湯加減』ですって。じゃあ、この温度で保てるように、加熱器を調整して……と。

【マナのエキス】
分類：薬品のもと　　品質：高品質　　レア：B
詳細：成分が十分溶け出している。
気持ち：最高だね！

しばらく一定の温度を保ち続けると、エキスをちゃんと取り出すことが出来た。
うん。久しぶりだったけれど、葉っぱのエキス取りは成功したわ！

安堵《あんど》に、ほう、と息をついて、今度は癒しの苔のエキスを取るために、新しいビーカーを取り出す。そして、癒しの苔をみじん切りにして、少なめの水と一緒にビーカーに入れて加熱する。

【癒しのエキス？？？】
分類：薬品のもと　　品質：低品質（マイナス3）　　レア：B
詳細：成分の抽出が出来ていない。
気持ち：え？　温かくするの？

……ん？　なんか気になることを言っているけど……。温めて抽出するのって基本だよね？
なんだか気になるけれど、いつもの手順で進めることにする。
やがて、ビーカーのガラス面に小さな気泡が付き始め、だんだんその気泡が大きくなってくる。

【癒しのエキス？？？？？】
分類：薬品のもと　　品質：ヤバイ　　レア：もうわからない
詳細：成分の抽出が出来ていない。それどころか有効成分が別物に変質しようとしている。
気持ち：あついのヤダヤダヤダ！

えええええ⁉　ちょっとなにこれ解《わか》らないわ。品質が『ヤバイ』って何？　しかも名前の『？』がどんどん増えてって……まずいわ、これは、『アレ』が出来ちゃうわ！

ボンッ！

【産業廃棄物】
分類：ごみ　品質：役立たず　レア：そういう問題じゃない
詳細：捨てるしかない。有効成分なんてどこにもない。
気持ち：ヤダって言ったでしょ！

うっわー。出来ちゃったわ。産業廃棄物。
トホホ……。
そしてこういう時は鑑定さんって厳しいんだけど、レアの項目が増えたら、さらに厳しいコメントが増えた気がする……。

じぃぃぃぃ。
私はそのあと小一時間、産業廃棄物に変わった物体を睨《にら》み続けている。
『……この人怖いよう（泣）。睨み付けたって何も教えないんだからね！』

そう、産業廃棄物の『気持ち』は訴えていた。

『教えないんだからね』とか言っている辺りが怪しい。なにか知っていそうな気がする。

そこに、錬金工房の店番をしていたマーカスが通りかかった。

「……えっと。デイジー様は何をしておられるんですか？」

作業台に載った産業廃棄物が入ったビーカーを、作業台に両手と顎を乗せるというおかしな格好で睨み付けている私を発見し、マーカスがかなり引き気味だ。

「ちょっと、鑑定を使って失敗作を問い詰めているの」

「……鑑定ってそういう使い方するもんでしたっけ？」

私の返答にさらにマーカスは引いている。あ、そうか、マーカスは素材の『気持ち』は見えないものね。鑑定スキルは、人によって微妙に見え方が違ったりするし、『気持ち』が見えるのは、聖霊王様から頂いた私の特別オプションなのだ。

「……失敗した理由がわかるかなって思ったのよね」

「そ、そうですか……ガンバッテクダサイ……」

理解出来なかったのか、マーカスは行ってしまった。なんとなく苦笑いを浮かべていたような気がしたけど、そこは今問題じゃない。

問題はあなたよ、産業廃棄物さん。

『……錬金術師だったら、ちゃんと自分で調べるか考えろよ！』

鑑定で覗《のぞ》き続けていたら、お気に障ったらしい。

調べろとお叱りを受けてしまった。

うーん。錬金術関連の本を調べてみるかなあ。『抽出』に関して調べればいいのよね。

私は、本棚がある二階に移動した。

本来なら本って高価な物だから、リビングになんか置かない。けれど、我がアトリエは、みんなが本を読めるように、リビングに本棚を作って置くことにしたのだ。錬金術の本も料理の本もみんなが読める。

何冊か気になる本を本棚から取り出し、テーブルに載せる。

「抽出……抽出……」

んー、そういえば、温めている間『え？　温かくするの？』とか『あついのヤダヤダヤダ！』とか言っていたわよね……。ということは、熱が苦手ってことか。

いっそみじん切りよりもずっとずっと細かくしてみるとか？

苔をいっそかちこちに凍らせたら、その冷凍した苔をすり鉢でみじん切り以上に粉々に出来たりとかしないかしら？

そうしたら、水に溶けたりして？

けれど、めぼしい記述が見つからなかったので、本を一旦全て本棚に戻す。そして、もう一度畑へ癒しの苔を取りに行くことにした。

畑の癒しの苔の前に来て、頭を下げて一度ごめんなさいをする。

「ごめんね。失敗しちゃったから、もう一回あなたをちょうだいね」

そして、またお皿に掬《すく》いとって実験室に持ち帰る。

「うーん、水魔法で凍らせるっていう方法は、氷自体を発生させちゃうから、水（氷）が余計よね……」

綺麗に苔を洗って水気を切り、すり鉢の中に苔を入れる。

手をかざして、目を瞑《つぶ》ってイメージする。

……苔自体が凍るの。ちょっと触っただけでも粉々になっちゃうくらいに、寒く、冷たく……。

錬金釜で加熱するのとは真逆のイメージを浮かべる。

すり鉢を中心に、冷気が室内に漏れて、実験室がどんどん寒くなっていく。

しばらくすると凍ったように見えたので、試しにすりこぎで苔に触れてみた。けれど、すりこぎの温度かすりつぶす摩擦で生まれる熱のせいか、少し溶けて戻ってしまった。

『だったら、もっともっと冷たく……氷よりもさらに冷たく……』

ふと目を開けると、苔は真っ白になって霜が降りたような状態になっていた。

すりこぎで試しにトン、と苔を軽く押してみる。すると、パラパラと力を入れないでも砕けてしまった。

すり鉢でするすると、簡単に粉々の粉になった。みじん切りなんかよりも断然それは細かくて、まさに『粉末』って感じになったのだ。

このまま、溶ける前に蒸留水に入れよう！

【癒しのエキス？？？】
分類：薬品のもと　　品質：低品質（マイナス3）　　レア：B
詳細：成分の抽出が出来ていない。
気持ち：溶けやすいようにかき混ぜてくれると嬉《うれ》しいな。

うんうん、かき混ぜてあげましょう！

私は、撹拌棒《かくはん》でくるくると水と苔《こけ》の粉をよくかき混ぜる。

【癒しのエキス】
分類：薬品のもと　　品質：高品質　　レア：B
詳細：有効成分がしっかり抽出されている。
気持ち：よくわかったね！　大正解！

「やったー！　大正解だって！」

実験室で両手をあげてバンザイをする。

そこに、大きな声に気づいたマーカスがやってくる。

「あ、さっき悩んでいたの、上手くいったんですか？」

私の顔を見て機嫌がいいのがわかったのか、マーカスもリラックスして笑顔だ。

「うん、強力マナポーションを作るのに、賢者のハーブと癒《いや》しの苔のエキスを抽出していたんだけれど、癒しの苔は熱にとても弱かったみたいで。逆に凍らせて粉砕したら上手くいったのよ！」

二つのエキスが入っているビーカーをテーブルに並べてみせる。

「本当だ。エキスがちゃんと作れていますね。じゃあ、これからこれを混ぜるとして……やっぱり加熱はダメってことですよね？」

あ、そうね。

「まずは混ぜてみましょう」

癒しのエキスとマナのエキスを布で漉《こ》して、混ぜてみた。

【強力マナポーション？】
分類：薬品　　品質：低品質　　レア：B
詳細：成分は全く反応していない。ただもととなるエキスを混ぜた物。
気持ち：さあ、どうする？

「うーん、加熱をしないとすると、反応を促す方法は……、魔力を注ぐか、錬金発酵させる？」

私が腕を組んで首を捻りながら思い付くものを挙げた。

「錬金発酵だと、二つの成分が混ざるというよりも、成分が変質するというイメージがあります」

マーカスが私の案に対して、意見を述べてくれた。

「うん、私もそう思う。念《ねん》のためにビーカーに半分を避《よ》けておいて、魔力で反応を促しましょう！」

私は頷《うなず》いて、空きビーカーに混合液を半分入れて、残った混合液に手をかざして魔力を注ぐ。

……二つのエキス、反応して強力マナポーションになって……！

目を瞑ってイメージしながら魔力を注ぐ。

すると。

「出来ましたよ、デイジー様！」

その声に私はパチンと目を開いてビーカーを覗《のぞ》き込む。

【強力マナポーション】
分類：薬品　品質：高品質　レア：B
詳細：マナポーションの2倍の回復量。高品質なのでさらに回復量2倍。
気持ち：よく頑張ったね！

「やったぁ！」

私はマーカスと笑顔でハイタッチした。

私の2倍マナポーションだと、大体500くらい回復するから、これ一本で魔力は1000回復することになる。

ん？　でも私やお兄様達みたいに魔力の高い人には、もっと高品質なのがないと、全部回復するには全然足りないよね？

まあ、今は保留かしらね。強力マナポーションが出来ただけでも、良しとしましょう！

「デイジーちゃん！　この新作の強力マナポーションってなに？」

強力マナポーションが出来た翌日、さっそくそれを店頭に置き、新商品発売の張り紙をしてみた。

すると、定期的に朝早い時間にやってくる、魔道士の女性と、剣士の男性が二人でやってきて、目に止めたようだ。

「はい、今までの私のマナポーションよりも回復量が倍の品ですよ」

私は、今までのマナポーションと強力マナポーションの入った二つの瓶を並べて説明した。

「ねえ、これなら私の魔法にも余裕が出てきて、もう少し深い階層にまで挑戦出来るかも！」

「ちょっと試してみるか！　試しに一本くれないか？」

「はい！」

そうして、新しいラインナップに加わった強力マナポーションも、徐々に口コミで噂《うわさ》が広まり、売り上げが伸びていくのだった。

そんな中、実家に帰省した時にお父様にこの新商品の話をしたら、「魔導師団に欲しい！」ということになった。とはいってもなかなか高級品。そして常に必要でもないという結論に至ったそうで、ときどき魔導師団のお使いの人が買い求めに来るようになった。

私の新作は、軍の人達や冒険者の間で人気商品となっていった。

◆

やがて、お兄様とお姉様の決闘も終わって、アリエルがようやくアトリエへ引っ越してきた。

「ミィナに倣ってパン工房の手伝いをしたい！」

旅先で私が持っていったミィナのパンを食べて、すっかりその虜《とりこ》になった彼女の希望どおり、パン工房のお手伝いをすることになったので、彼女は商業ギルドで商人見習いという身分証明書を取得出来た。

まあ、なぜ職業証明書を持っていないエルフの彼女が、商人見習いで登録出来たのかというと……まあ、あれよ。さすがに国王陛下にエルフの王女を預かっていることを黙っている訳にもいかないので、正直にご相談したところ、なんだかうまいこと取り計らっていただけたのだ。

ティリオンも彼女の従魔として登録して、今は、従魔の証を身につけて堂々と街中を歩ける。

でも、なんで私のアトリエなら安全だからと、割とあっさりうちに住むことを許されたのかはわからない。リーフが実は聖獣ですごく強かったりとか、精霊や妖精が住んでいたりという情報は秘密のはずなのにね？

「お買い上げありがとうございましたぁ！」

「「アリエルちゃん、またね！」」

いつも新作が出るとお土産を四個買っていく、男女ペアの冒険者さんと、アリエルの声がする。

常連さんとも上手《うま》くやっているみたい。

「ミィナさん！　パンのストックが少し足りなくなりそうです～！」

「あ。今ちょうど追加分が焼き上がったから、少し冷ましたら追加出来ます～！」

「じゃあ、あとで私も補充のお手伝いをしますね！」

パン工房の先輩であるミィナとも、仲良くやれているようだ。

しばらく経つと、ミィナがオーブンから出して冷ましていたパンを、二人で仲良くパン工房の棚に運び始めた。少女が二人、交互に厨房《ちゆうぼう》と工房を往復する姿に、店内で食事をしているお客さんが微笑ましそうに目を細めている。

また、アリエルがパン工房のお手伝いに入ってくれたおかげで、マーカスは錬金術の方に割ける時間が増えて喜んでいる。

「先日デイジー様が完成させた強力マナポーション、売れ行き好調なので私も作れるように練習します！」

そう言って、実験室に籠れる時間が増えて喜んでいた。

私が強力マナポーションを作る時に編み出した、『その物自体を超低温で凍らせて砕く』という方法は、そのまま『凍結粉砕』という名前をつけた。

「デイジー様。凍結粉砕のやり方を教えていただければ、あとは自分で出来そうです。デイジー様が技法を編み出した時、私は残念ながらその場にいなかったので、やり方を教えてください！」

マーカスが熱意に満ちた目で、私に教えを乞うてくる。

「じゃあ、私がやってみせるから、マーカスもそれに倣ってやってみて」

「はい！」

私はマーカスの隣に椅子を持ってきて、そこに座る。

「マーカス。苔をお皿に半分に分けてくれる？」

「はい！」

マーカスはとても嬉しそう。いつか見た、初めて蒸留水を作ることを許された時のように、好奇心と喜びでいっぱいみたい。

新しい技術を学ぶ嬉しさでいっぱいなマーカスを前に、私は魔力で苔を凍結させてみせる。

「イメージは、苔自体が冷たく。そして氷よりももっと冷たく、よ！　さ、やってみましょう！」

「はいっ！」

マーカスが苔の前に手をかざす。そして私は、彼が成功するまで横で見守るのだった。

◆

そんな穏やかなアトリエでの生活を送っていたある日のこと。

私は朝食を終えて、自室で本を読んでいた。

「コンコン」

と、私の部屋の窓を叩《たた》く音が聞こえた。

何かしら？　窓辺に移動してみると、窓の外に例の精霊の女の子がいた。

「デイジー！　前に言ったとおり、すばやさの木と力の木の植え替えの時期が来たわよ！」

彼女は、成長具合に気を配って見ていてくれたらしい。

でも早くない？

確か種を植えたのが、アリエルが実家にいた頃だったから、一か月前くらいよね？

ちょっと私の畑の成長の早さがおかしいことになっている気がするんだけど。

まあでも、そういう時期に来たのなら、植え替えしてあげなきゃね！

「ありがとう！　じゃあ、畑へ行くわね！」

私は畑へ移動して、鉢植えで元気に育っている、まだ幼い苗木を発見する。

「本当！　成長するの、早いわね……」

「そりゃそうよ！　幼いとはいえ、ここには世界樹があるんだもの。もう、ここは特別な畑よ？植物だって、成長しやすくなるわ」

成長の早さの理由を精霊さんが教えてくれた。その彼女が言う世界樹が植わっている方を見ると、世界樹を連れてきた時よりも二回りほど大きくなっていた。

「わ。世界樹さんも元気ね！　しかも立派に育っているわ！」

「デイジー。まずは植え替えよ！　あとはお水やりの時にでも、挨拶して回ったら？」

「そうね。そうするわ！」

精霊さんに促されて、まずは苗木の植わっている植木鉢の大きさを確認する。そして、空いている植木鉢の中に、それよりも大きな物を発見した。

「もう一度、植木鉢で育てた方がいいかしら？」

以前精霊さんが、次は大きな植木鉢か地面に、と言っていたことを思い出して尋ねてみる。

「うーん。世界樹のおかげで、この畑の環境は格段に上がっているし、直に植えても大丈夫だと思うわ」

精霊さんがそう言うなら、大丈夫かしら。それに、危なそうだったら、きっと教えてくれるはず。

そう思って、彼女の意見のとおり、土に直に植えることにした。

「豊かな土のストックはこっちね」

それは、腐葉土や栄養剤などをもとに錬金術で作った物。土を栄養たっぷりにするのに、欠かせないアイテムだ。

その所在を確認してから、庭仕事用のエプロンと軍手を身につけて、クワを手にする。

「あら、デイジー。自分で庭の土を耕すの？」

珍しいわね、とでもいった様子で精霊さんが尋ねてくる。けれど、彼女の顔には明らかに喜色が浮かんでいる。

「うん。せっかく実家の庭師から畑の作り方も習ったんだし。自分でやるわ」

アトリエを持ちたいと夢見た五歳の時に、実家の庭師のダンに教えて欲しいと願い出たおかげで、私は庭や畑の手入れを自分で出来るようになっている。

「なら、自分でもやらないとね！」

場所はどこがいいかと相談すると、精霊さんがここはどうかと提案してくれた。

「よい、しょっと……！」

久々の庭作業だったので、急に上手くはいかない。だけど、一度その手を動かして学んだものは、だんだんコツを思い出すものだ。

そうして私は、庭の中の手付かずの区画を耕し、さらに豊かな土を混ぜる。植木鉢から苗木達を土ごと引き抜いて、土を落としつつ根っこをほぐす。そして、その真新しい栄養いっぱいの区画に、彼らを植え直した。

お水やりもやったわよ！

そうして再び一か月ほどたったある日のこと。

「デイジー！　そろそろすばやさの種と力の種が採取出来るわよ！」

また、畑の様子を教えに来てくれたらしい。

……ちょっと早くないかなあ？

まあ、といっても精霊さんが嘘《うそ》を言ってくるはずもない。そもそも、私の庭のこの現象は、世界樹の影響でもあると説明を受けている。

種の採取をしましょうと思い直して、小さめのザルを何枚か持つ。

あとはいつものお礼……。そうね、いつもジャムばかりだったから、たまには頂き物のクッキーを差し入れしようかしら。そう思って、小さな彼らが食べやすいように小さく砕いたクッキーを皿に載せて畑へ出ることにした。

「おはよう！　デイジー！」

畑へ出ると、早速とばかりに精霊の女の子が私に声をかけてきた。そして、くるくると私の周りを回って、お皿の中の砕いたクッキーを覗《のぞ》き込む。

「今日の差し入れはクッキーよ！　召し上がれ！」

そう言って、いつもの場所にお皿をコトリと置く。

「「「クッキーなんて初めてだ！」」」

わっと畑中の妖精さん達も集まってきて、思い思いに割れたクッキーの欠片《かけら》を手に取っていく。そして、美味《おい》しそうにクッキーを頬張《ほおば》っていた。

さて、私は種の採取ね。

すばやさの種の実は、ナッツの殻の半分くらいを真っ赤で肉厚な実が覆っていた。力の種の実は、黄色いまん丸の実の中に、やはり殻に覆われた種が隠れていた。どちらもなんというか、見た目は肉厚なカラフルピーマンって感じだ。

……食べられるのかしら？

【すばやさの種（実）】
分類：種子類　　品質：高品質　　レア：B
詳細：肉厚な実は栄養いっぱい。瑞々しく甘くて美味しい。ただし素早くはならない。
気持ち：僕も食べて～！

【力の種（実）】
分類：種子類　　品質：高品質　　レア：B
詳細：肉厚な実は栄養いっぱい。瑞々しく甘くて美味しい。力は増えないけど。
気持ち：僕も食べて～！

あ、どっちも食べられるのね！　じゃあ、実の方もちゃんと捨てないでザルに載せて持って帰ろっと……。ミィナに使い方を考えてもらえばいいもんね！

……ってあれ？

「赤でも黄色でもない実がある……」

そのオレンジ色の形はすばやさの種（実）のような形はしている。けれど、色は鮮やかなオレンジ色だった。

「失敗作かなあ……？」

私が呟《つぶや》くと、クッキーを頬にくっつけた精霊の女の子がふわふわと飛んできた。

「デイジー！　クッキーってとっても美味しいのね！　ありがとう！」

ニコニコとクッキーをつけたまま笑う様子が可愛かったので、ついこっちも笑ってしまう。

「頬にお土産がついているわよ！」

そう言って、精霊さんの頬からクッキーの欠片を摘んでとってあげて、彼女の口にほいっと放り込む。

「えへへ……」

精霊さんは、ようやく頬にクッキーをつけっぱなしだったことに気がついて、放り込まれたクッキーを咀嚼《そしゃく》しながら頬を押さえて照れていた。

可愛《かわい》い！

って、そうだ！　話がずれちゃった。今、変わった実を見つけたところだったのよね！

「ねえ、精霊さん。これ、一個だけ違う色の実があるのよね」

「ん？　あら、ほんとね」

うーん。鑑定で確認かしら？

【あべこべの種（実）】
分類：種子類　　品質：高品質　　レア：S（新種）
詳細：肉厚な実は栄養いっぱい。瑞々しく甘くて美味しい。追加効果はない。
気持ち：僕も食べて～！

【あべこべの種】
分類：種子類　　品質：高品質　　レア：S（新種）
詳細：（鑑定レベル不足・新種のため）

気持ち：まだ秘密～！

「ねえ精霊さん」

「なあに？」

「……新種が出来ちゃったわ」

「ええええええ！　私達、まだ交配とかしなかったわよ！」

実から中身を取り出し、さらに硬い殻を取り除いて種子を取り出す。

「『あべこべの種』っていう新種みたい。でも、私の鑑定もまだどんな効果があるのかわからないのよね……」

親指と人差し指で摘んで、もう一回じっと鑑定してみるけれど、やっぱり新種の効果は不明だ。

「虫さんのせいで交配しちゃったのかしらね！　でも、一大事だわ！　まずはその一個を大事に育てないと！」

精霊さんが大興奮でくるくると私の周りを回る。

という訳で、『あべこべの種』を新しい植木鉢に植えた。

そして、他の収穫した種は、ザルの上に載せてカラス避《よ》けのネットをかけて日陰の風通しの良い場所で乾燥させることにした。

実は、ミィナに渡したところ、たくさんあるので半分はピクルスに、残りはグラタンやグリル焼きになって、私達の食卓をカラフルに彩ったのだった。

第四章　錬金術師の装備品作り

私はアトリエで、ある問題について考えていた。

先日の採取遠征の時に提案した、『ポーション射出機』。

あれがリィンにあっさりと却下されたので、私は次の案を考えていた。

せっかく、水魔法でポーションを操って、遠距離回復が出来るようになったのだ。だったら、どうしてもあのポーション瓶を開ける作業も排除したいのだ。


……だって面倒臭いんだもん。


回復される側には些細《ささい》なことなのかもしれない。けれど、何度もポーション瓶の蓋を開ける身にもなって欲しいのだ。地味に面倒なのだ。間に合わなかったら困るし。

それに、『面倒臭い』から新たな発明が生まれるのよ！

さて、再考しよう。リィンの却下理由は二つ。

「使い切ったらどうするのか」と「中身の液体が揺れた時の重さはどうするのか」。

うーん、そうねえ。だったら使い切れないくらい入れられるようにする！　いっそ、お金はかかるけど、ポーションを格納する部分は、マジックバッグ仕様にしてもらえばいいんじゃないかしら？

特殊な空間魔法を付与してもらって、一回の旅が長引いても問題がないくらいの容量にしてもらう。さらに重さは感じないようにしてもらおう。

そうそう、ポーションが傷まないように中身の時間経過停止も必須条件ね！

あとは多分、こんな仕組みかなあ。

ポーションの格納部分とは別に、一回量分を貯《た》めておく空間を作ってもらって、そこにもポーションを貯めておく。そして、レバーかスイッチを押すと、それを引き金にしてポーションの射出口から貯めておいた一回量分のポーションが飛び出すの。

ポーションが射出機から出たら、あとは水魔法で動きを制御すればいいわよね。魔力で補えば飛距離も伸ばせるはずだわ。ここは訓練が必要かしら？

形はやっぱり魔導師の杖《つえ》のような形がいいわ。

だって、回復師って感じでかっこいいじゃない！

魔導師や回復師の杖だと、先端に魔力増幅する宝石なんかがついている。

それを真似《まね》て、その宝石の代わりに、複数のポーションを分けて入れられるように区切った、割れないように強化したガラス素材の容器をつける。

どのポーションを出すのか選別出来るように、スイッチは色が違うと便利ね！

で、ポーションとハイポーションは傷口に直接当てるとして。マナポーションも口を開けてもらって直接飲ませてあげられたら、アリエルなんかは楽が出来るかしら？

ということで、三種類！

うん、完璧！

リィンに相談に行こう！

ここまでちゃんと考えておけば、今度はちゃんと相談に乗ってくれるわよね。

「ちょっと、リィンの鍛冶工房に行ってくるわね！」

ミィナとマーカスに声をかけてから、アトリエをあとにする。お供にはフェンリルの姿のリーフ。

体力つけたいから、また歩いていくわよ！

ある程度歩いて、リィンとお祖父《じい》さんのドラグさんの工房に着いて、その扉を叩《たた》く。

「こんにちは。錬金術師のデイジーですけど、リィンはいますか？」

すると、ドアがヒョイと開いて、リィンが姿を現した。

「よっ！　うちに用事？」

ニコッと笑って首を傾《かし》げる。

「うん！　例の、ポーションを射出する道具について、もう一度相談したくて」

という私の用件を聞くと、リィンの顔が微妙な表情に変わる。

「え～、あれは非効率的だから、なしってことになったんじゃなかったっけ？」

すると、もう一人中から男性の声がした。

「こらこら、リィン。お客様の話をそんなふうにいい加減に聞くんじゃないよ。デイジーさんだっけ。店の中へ入っておいで」

「ハイハイ、わかりましたよ、じいちゃん」

ひょいっと肩を竦《すく》めて、リィンは大きく扉を開けて私を招き入れる。そしてお祖父さんの座っているテーブル席の空席に、私を案内した。

リーフも一緒に工房内に入ってきて、中にいたレオンとお鼻で挨拶をする。そして、お互いにおしりの匂いを確認するようにクルクル回っている。

「ドラグさん……ですよね。初めまして。リィンにはいつもお世話になっています。錬金術師のデイジーと申します」

そう言って私は、ドラグさんに頭を下げる。リィンとは付き合いが長いのに、実はドラグさんとは初対面なのよね。

「こっちこそ、リィンがいつも世話になっているね。話は色々聞いているよ。で、今日はどんな相談で来たんだい？」

ドラグさんは、がっしり体型に、真っ白な短めの髪の毛と豊かな髭《ひげ》という、いかにもドワーフといった風貌の持ち主だ。

私は、店に来る前に考えた『ポーション射出機』の構造を二人に説明した。すると、意外にも興味を持ったのはドラグさんの方だった。

「おやおや、お嬢ちゃんは面白いことを考え付くね！　アナが『面白い弟子をとった』と自慢しとったのもわかる気がするわい！」

うんうん、と頷きながら、テーブルに置いてあった設計用らしい紙とペンを手元に引き寄せて、早速図面を起こし出している。そして、ドラグさんはどんどん自分の世界にのめり込んでいく。

「そうだね、中に入れるのがポーションなら、ガラスはいいとしても、金具に腐食する金属は使えないね……」

ドラグさんはさらに自分の世界に入っていく。

「そうすると軽さと丈夫さを考えてミスリル製。この、『トリガーを引いて貯めておいたポーションを出す』仕組みの構造にはバネが必要だな。これも、ポーションを清潔に保つことを考えたら、素材はミスリルかね」

ふむふむ、とドラグさんは一人で頷きながら図面に色々と書き加えている。その姿はイキイキとしてとても楽しそう。

それを横で見ているリィンがくすりと笑う。

「こういう、技工士的なのが好きなんだよね、うちのじいちゃん。顧客も多いし、色んな細工物の個人オーダーが多くて、普段はなかなか捕まらないんだけど、今日はラッキーだったな！」

なるほど、いつ来ても不在だったのは、人気技師で忙しいからという訳らしい。

「さてとデイジーさん。ひとまずオーダーは伺ったね。まず、作成期間を数週間頂くと思う。次に、ポーションの容器には、特殊な魔法を付与してもらう必要がある。素材にミスリルも使う。だから、値段もそれなりに張ると思うが、大丈夫かい？」

「はい。勿論です！　よろしくお願いします！」

そして私はご機嫌でアトリエへと帰ったのだった。

数週間後、出来上がったドラグさんが命名してくれた『アゾットロッド』がリィンによってアトリエに届けられた。

アゾットロッドの名前の由来はアゾット剣。その昔、アゾット剣に仕込んだポーションで人々を癒《いや》して歩いたという、伝説の錬金術師が持っていた、その剣の名前を取り入れたのだそうだ。

とても素敵な名前をつけてもらえたと思う。

アゾットロッドは、魔導師が持つ杖の先端の宝石のかわりに、上からだと六角形に見える三つに区切られたガラス瓶が飾られている。それは、下に行くにつれて少し細くシェイプされた宝石のような形をしている。

ポーション、ハイポーション、強力マナポーションを充填《じゅうてん》すると、ポーションの微妙な色合いの違いによってグラデーションになり、見た目にも美しい。


……ん～！　素敵だわ！


私は、とても大満足な仕上がりに、感動して思わずロッドを抱きしめる。

そうして、リィンにお代を支払ってから、私は辺りをきょろきょろ見回す。

「試し打ちしたいわね……」

お気に入りの物を手に入れたら、使ってみたい。そう思わない？

私がそう思っていると、届けてくれたリィンのそばにマルクとレティアがやってきた。

「よっ！　久しぶり！　討伐依頼の帰りなんだよ」

通り道なので顔を出してくれたということらしい。

あれ、よく見ると、マルクもレティアも小さな傷があるわね。

うん、タイミングバッチリ！

「二人共そこで立ってて！」

そう言って引き止めて、私は彼らと距離をとるために道に出て走っていく。

うん、この辺りかしら！

アゾットロッドを掲げてスイッチを入れると、パシュッ！　パシュッ！　とポーションが射出される。そしてそのポーションは、私の制御によって飛んでいき、マルクとレティアの傷を癒す。

「私の新装備、アゾットロッドよ！　マジックバッグ仕様だから、ポーション切れもなし！」

私はロッドを持った腕を掲げて、反対の手は腰へ。片足を少し横にずらしてポージングする。

「はあぁぁぁぁ？」

「デイジー……。もう、何を目指そうとしているのかよくわからないぞ」

見ると、マルクが頭を抱え、レティアは首を傾げていた。

「え〜！　どこを目指してって、回復師って感じの出来じゃない？」

その私の回答に、マルクがため息をついていた。

◆

そして、また別の日。

苔《こけ》むす癒しの洞窟で、リィンが採取してくれた癒しの石。

ちょっとこれを、自分で調合しようか、まだ、合金製作をしたことがないマーカスに機会をあげようかと悩んでいるのだ。最近は、アリエルがアトリエを手伝ってくれるおかげで、マーカスにも時間の余裕が前よりあるし……。

自分一人が出来てもダメよね。

錬金術の技術は、ちゃんと身近な人からでも、教えて広めていかなくちゃ。

最近、そう思うようになったのだ。

特に、マーカスは男の子。いつかは独立して店を持った方が、きっと結婚や何かにつけて、彼の将来のためになるんだろうな、なんて思うことがある。

そして、彼が独立してうちのアトリエから離れた場所に店を構えたら、良いポーションや付加効果のあるアクセサリーなんかを近所で買える人が増えるようになるはずだ。

まあ、まだだいぶ先の話なんだけれど。

なので、合金の調合にチャレンジしてみないかという話を、朝食時にマーカスに話してみた。

すると、最初に彼は嬉《うれ》しそうな笑顔を浮かべたかと思うと、それは一瞬で消えた。

そして、今度は悩ましげな表情を浮かべたのだ。

どうしたのかしら？

「ありがとうございます。とても嬉しいです！　でも、その癒しの石というのを使うというのには反対です。お仲間の皆さんと一緒に採ってこられて、今後の役に立ちそうな品なんですよね？　だったら、初めてやる私の練習台にはしない方がいいと思います」

言われてみて、確かに、と思った。

「そうね、そもそもあれは預かり物だったわ」

うーん、そうすると、幸運の石なんかを見つけた店で、良い品を見つけるところから始めてもいいのかもしれない。マーカスは冒険に行く訳ではないから、なにか素材を手に入れるとすれば、店での調達になる。その経験をしておくのもいいわね！

「じゃあ、宝石とか魔法石を売っているお店で、素材探しからしてみない？」

すると、困ったような顔をしていたマーカスの表情が、ぱっと嬉しそうに変わる。

「はい！　ぜひ！」

王都に店を構える商店は、商売熱心なのか、割合開店時間が早い。朝食を食べ終わって、出かける身支度を済ませて歩いてゆけば、もう開店しているだろう。私とマーカスはリーフをお供に連れて、以前訪れた宝石店に早速行ってみることにした。

「こんにちは」

お店の扉を開けて店内に足を運ぶと、店主のおじさんがガラスケースの向こう側に立っていた。

「いらっしゃい！　お、以前掘り出し物を見つけたお嬢さんだね！　今日は違う子と来たのかい」

相変わらず店主は気さくな人だ。

「初めまして。私はお嬢様のアトリエの従業員で、錬金術師です。今日は合金づくりの練習用になりそうな石を探しに来ました」

そして、マーカスが挨拶がてら来店の目的を告げる。

「練習用だったら、あっちの木箱に入れられているやつで掘り出し物を探してみた方が安く済むかもね！　木箱の物は、どれも一個大銅貨五枚でいいよ。で、こっちのガラスケースの中に飾ってあるのは、宝石として価値が高いか、魔法石として特殊な効果があるものを置いてあるよ！」

以前私にもしてくれた説明をマーカスにもしてくれる。

「じゃあ、私はまずは掘り出し物探しをしてみましょうか」

そう言って、マーカスは両腕の袖をまくって、木箱の前にしゃがみ込んで、石を見始めた。

そうねえ。私もなにかいい物がないか見てみようかしら。

掘り出し物箱はマーカスが占領中なので、私はガラスケースの中を探すことにした。

う〜ん、確かに物は良いんだけれど、これといって欲しい物はないのよね……って、あれ？

【体力自慢の石】
分類：鉱石・材料　　品質：中級品〜高級品　　レア：B
詳細：装備品にすれば、装備者の体力を５００上げる。相性の良い金属と合金にしたらもっと上がるかもしれない。
気持ち：ムキムキ、パワーアップ！

……ムキムキは余計だけど、体力が上がったら、ドレイクに一撃でやられることはなくなるかも？

うっ。ケース内にあるだけあって高いわ。

でも、安全には代えられないわよね。私とアリエル、リィンには欲しいわ。悩んでいると、マーカスに声をかけられた。

「お嬢様、二つ、気になる石がありまして……」

そこに、二つ、というところで困ったような顔でマーカスがその石を持って、ガラスケースの中を見ている私の元へ来ていた。

【良縁の石】
分類：鉱石・材料　　品質：普通～高級品　　レア：C
詳細：良縁を呼び込む石。想《おも》い人がいる場合には、良い未来へと導く。
気持ち：縁結びっ♪

「これは？」

「実はうちの母に、再婚を考えても良さそうな方がいるのです。これに触れていると、なぜかその母とお相手の、幸せそうな笑顔が目に浮かびます。もし母が、そのお相手の元で笑っていられるようになったらと。どうしてもこの石が気になるんです」

【才能の石】
分類：鉱石・材料　品質：普通　レア：C
詳細：子供の伸ばそうとしている才能が伸びやすくなる。
気持ち：応援するよ！

「こちらは、弟と妹の顔が浮かぶのです。だから、彼らに持たせてやりたくて……。代金は私が給金を貯《た》めたものから払いますので、二回練習にお付き合いいただけないでしょうか」

「あら、何言っているの。私の店の従業員の勉強のためだもの。それは経費。私が払うわ！」

ふふん、と胸を張って私はマーカスの申し出を跳ねのける。

その様子を見て、マーカスは苦笑いしながらも、「ありがとうございます」と頭を下げた。

「店長さん。またこないだのように、アクセサリー用のインゴットを見せてくれる？」

「はいよ、ちょっと待ってな」

そう言って、店の奥からインゴットを持ってきてガラスケースの上に並べた。

マーカスも鑑定持ちだけれど素材の気持ちは見えない。でも、せっかくだから自分で選んでみてもらおうかしら。そもそも鑑定がないアナさんも、相性がわかるって言っていたし。

「合金にする場合には、混ぜる物同士の相性が、合金にした時の品質に影響するの。どれが良さそうか、なんとなくでもいいから自分で選んでみてもらえるかしら？」

「なるほど、そういうものなんですね。やってみます」

そう言って、マーカスは一つずつ石をインゴットに近づけては違うインゴットとも近づけてみることを繰り返した。

「……あれ？　銀と近づけた時だけ、少し石がキラキラと光りますね」

マーカスが首を捻《ひね》ってそんなことを呟いていた。

そういう風に感じる人もいるのかしら？

以前、アナさんが「オーラを感じる」と言っていたのに似ているわ。

マーカスが手に持っている石とインゴットを見比べてみると、確かに、マーカスが選んだ石はどちらとも銀と相性がいいようだった。

「凄いわ、マーカス！　見え方は違っても、あなたには相性の良さを見極める目があるのね！　凄いわ！」

「えっ！　なんとなくだったんですが……。正解だったんですね！」

マーカスは、正解だったことが意外だったのだろうか。一瞬キョトンとしたあと、褒められたことで照れたように、少し顔を赤くしていた。

そして、私は店主に『体力自慢の石』をケースから出してもらって、インゴットと見比べていく。

「これはミスリルかぁ」

という訳で、マーカスと私の分の石とインゴットを全てお会計して、私達は店をあとにした。

マーカスと二人、次に買ってきた石とインゴットを使って、マーカスの練習からやってみることになった。

溶けた金属がはねたりしたら危ないから、厚手のエプロンと軍手をつけてもらう。

『良縁の石』と銀のインゴットを錬金釜の中に入れる。

「私の初めての金属調合ですね……！」

マーカスは、唇をきゅっと引きしめて、緊張しているようだ。

そして、錬金釜の横に置いてある撹拌棒《かくはん》を手に持って、両手でぎゅっと握りしめる。

「撹拌棒を介して自分の魔力を通して。その力で錬金釜の中にある金属を溶かすのよ。さあ、イメージしてやってみて！」

【縁結びの合金？】
分類：合金・材料　　品質：普通　　レア：C
詳細：良縁を呼び込む石。想い人がいる場合には、良い未来へと導く。だがまだ力は弱い。
気持ち：ん～。まだ、混ざっているだけって感じかなぁ。
「今の状態ではまだ足らないのはわかるかしら？」
「そうですね。まだ、マーブル模様のようになっていますし、そもそもなにか新しい物に『変わった』という感じがしません」

マーカスは、やはり鑑定の気持ちがなくても、錬金術師としての『勘』というものを身につけていたらしい。

「どうか、よく結び合ってくれ。そして、母さんの幸せのために力を貸してくれ……！」

マーカスが、さらに魔力と祈りを込めて、溶けた金属を撹拌する。すると、その祈りに応えるかのように、錬金釜の中の金属がキラキラと光を発した。

「……出来た！　錬金釜の中から新しい力を感じます！」

マーカスが、強い確信を感じさせるような、自信を持った声を上げる。

【縁結びの合金】
分類：合金・材料　　品質：高級品　　レア：C
詳細：良縁を呼び込む石。想い人がいる場合には、良い未来へと導く。
気持ち：幸せな縁を結ぶお手伝いをするよ！

「凄《すご》いわ、マーカス！　あなたはこんなにも錬金術師として素晴らしいセンスを高めていたのね！」

マーカスは、嬉し恥ずかしといった表情だ。そんな彼に、インゴット型を渡して、底の栓を抜いてまだ溶けている金属を流し込むように促した。マーカスは頷《うなず》いて、その作業を行う。

そして、お母さんの分が終わったら、次に弟妹の分だ。

銀のインゴットと『才能の石』を錬金釜に入れる。

そして、撹拌棒を通して魔力を注ぐ。金属と石が溶けて、釜の中の溶けた金属はぐるりとマーブル模様を描く。

【才能開花の合金？】
分類：合金・材料　　品質：普通　　レア：C
詳細：子供の伸ばそうとしている才能が伸びやすくなる。
気持ち：もっと応援したいな！

「……うん、ここからだ。弟と妹が立派な大人になれますように……力をください！」

ぎゅっとマーカスが目を瞑《つむ》ってさらに魔力を込める。

すると、また錬金釜の中がキラキラと光る。

「うん！　金属の力が増した感じがします！」

マーカスが確信を持った力強い笑みを浮かべる。

【才能開花の合金】
分類：合金・材料　　品質：高級品　　レア：C
詳細：子供の伸ばそうとしている才能が伸びやすくなる。

気持ち……立派な大人になれるよう応援するよ！

……本当に出来てる！　凄いわ。あっという間にマスターしちゃった！

「……家族への思いが後押ししてくれたんですかね？　上手《うま》くいったみたいで嬉《うれ》しいです！」

そう言いながら、弟妹用の金属もインゴット型の中に流し込んだ。

そっか。やっぱり『イメージが大切』な錬金術だから、『贈る人への想い』も大きく影響するのね、きっと。そう考えると、錬金術って、なんて優しい技術なのかしら！

それとあらためて気がついたの。人に教えるということは、私の勉強にもなるってこと。こういう時間も大事なのね！

「デイジー様」

私が感動していると、マーカスに名前を呼ばれた。

「どうしたの？　マーカス」

横にいる彼を見ると、年相応な純粋な笑顔がそこにあった。

その笑顔を見て、不意に、まだお互いほんの小さかった頃の記憶が蘇《よみがえ》る。

初めて彼に出会った時。

そして、初めて彼が私から蒸留水の作り方を教わった時。

その、キラキラした嬉しそうな顔。

「……また、大切なことをデイジー様から学びました」

彼も、思い出したのは同じことだったのだろうか。

「あの日、私のふてくされた態度が原因で、当時の店長に勤めていた店を追い出されて……そんな私を、デイジー様は見出《みいだ》しあなたの元へ来ないかと誘ってくださった。そして、錬金術師の基本である蒸留水づくりを、自ら教えてくださいましたよね」

マーカスは、目を細めながら真《ま》っ直《す》ぐに私を見ている。少し首を捻った仕草も柔らかだ。

「ちょ、大袈裟《おおげさ》よ。マーカス」

そんな善意と感謝の心だけが宿るその瞳に、私は少し気恥ずかしくなってしまう。

「大袈裟じゃないです。私の母や弟達が以前よりも良い環境で暮らせるのも、あなたが私を雇ってくださったからです。これからもずっと、おそばでお仕えさせてくださいね？」

「マーカスは大切なアトリエの仲間だもの。それは当然よ。そして、あなたの家族は私の家族も同然よ。……みんなが幸せに暮らせたら、嬉しいわ」

マーカスやミィナの優秀さに甘えて、そして私自身の好奇心に突き動かされて、素材採取だなんだと出かけることもある。けれど、私の手の届く範囲の人達に、笑顔でいて欲しいと願う気持ちには、偽りはない。

「……ありがとうございます。そんなあなただから、真摯にお仕えしたくなるんだ」

小さく呟いた、そのマーカスの言葉は私の耳に届かなかった。

「なあに？　マーカス」

「なんでもありませんよ」

何事もなかったかのように、マーカスはエプロンと軍手を外す。

そして、「どうぞ」と私に渡してくる。

うん。次は私ね。

私は、それらを受けとって身につける。

「私も勉強のために見させてくださいね」

そう、マーカスに言われてしまった。いいんだけれど、さっきのやり取りのこともあってか、ちょっと恥ずかしい。

ミスリルと『体力自慢の石』を錬金釜に入れて、撹拌棒を通して魔力を流し、金属と石を溶かしていく。

【マッチョニウム?】
分類：合金・材料　品質：中級品　レア：B
詳細：装備品にすれば、装備者の体力を500上げる。
気持ち：まだあんまり力は湧かないな。

マーブル模様のそれは、まだまだ、と私に訴えかけてくる。

ねえ、マッチョニウムって名前がちょっと引っかかるんだけど。マッチョになるのはなしよね?

「……みんなが安心出来る体力をちょうだい！　みんなが安全に冒険出来ますように……！」

ネーミングセンス（？）には疑問を抱きつつも、さらに魔力と願いを込める。

すると、錬金釜の中身はまたもや強く光って、完成したことを告げてくる。

【マッチョニウム】
分類：合金・材料　　品質：高級品　　レア：B
詳細：装備品にすれば、装備者の体力を750上げる。
気持ち：ミスリルさんのおかげで効果が上がったよ！　見た目に変化はないから安心してね！

ありがとう！　効果が増えたのも嬉しい！

それと、女の子としては、見た目に変化がないってことがとっても嬉しいわ！

インゴット型に、出来たての合金を流し込む。

マーカスが作ったインゴットは、マーカスのお母さんと、そのお相手のペアリングに。そして、弟妹用の物は、子供サイズのペンダントにすることになった。

これは、「私からの家族へのプレゼントだから」とマーカスが譲らず、「リィンへの代金の支払いは自分でする」と言って聞かなかった。

私のマッチョニウムのインゴットは、パーティー全員分を指輪で作ってもらうことにした。これは一度私が製作費を支払っておいて、後日それぞれから製品代をもらおうかと思っている。

やがて数日が経ち、リィン自ら仕上がったアクセサリーを届けに来てくれた。

【縁結びの指輪】
分類：装備品　　品質：高級品　　レア：C
詳細：良縁を呼び込む指輪。想《おも》い人がいる場合には、良い未来へと導く。
気持ち：ゴールインしても幸せであるように応援するよ！

【才能開花のペンダント】
分類：装備品　　品質：高級品　　レア：C
詳細：子供の伸ばそうとしている才能が伸びやすくなる。
気持ち：立派な大人になれるように、一緒に頑張ろうね！

その出来に、マーカスは大感激している。リィンもその喜びようを見て、とても嬉しそうだ。
マーカスは、早速次の休みの日に実家に渡しに行くと意気込んでいる。
そして、私の分。

【マッチョリング】
分類：装備品　　品質：高級品　　レア：B

詳細：装備者の体力を750上げる。マッチョにはならない。
気持ち：守ってあげるよ！　冒険は気をつけて行こうね！

マッチョにならないのに、マッチョという名は捨てたくないらしい。

……どうしてかしらね？

◆

そうして、私のアトリエでの平穏な生活は続く。

そんな日常を送る中、ふとあることに気がついた。

前にみんなで採取してきて、預かりっぱなしの物が幾つかあるのだ。

気になって、少し素材用の保管庫を漁《あさ》ってみることにした。

保管庫にしまっている材料はこんな感じだ。

精霊王の守護石が残り二個あるけれど、これは、失敗すると思って余分にくださったのかしら？

でも今はまだ使う予定はなさそう。

神与の宝石（氷結）、これは他の属性も揃えた方がいいってことで、まだお預けね。

癒《いや》しの石は、インゴットを早めに作ってリィンに渡さないといけないわね。

そして、永久凍土の石はっと……、使い方は秘密としか見えなかったけど……って、あれ？

【永久凍土の石】
分類：鉱物・材料　　品質：高級品　　レア：S
詳細：『永遠なる氷結』属性を持つ。武器にした場合、氷属性の継続ダメージを与える。
気持ち：俺はアダマンタイトしか認めない。俺は最強の武器になること以外受け入れない！　そして屈強な漢の手でその真価を発揮してやるんだ！

……あれ？　見えた。私のステータスになにか変化があったのかしら？

【デイジー・フォン・プレスラリア】
子爵家次女　　体力：250／250　　魔力：4550／4550　　職業：錬金術師
スキル：(鑑定（7／10)、緑魔法（MAX)）錬金術（7／10)、水魔法（7／10)、
風魔法（6／10)、土魔法（5／10)(隠蔽)
賞罰：なし
ギフト：(緑の精霊王の愛し子《いとご》)なし
称号：(聖獣の主、)王室御用達《ごようたし》錬金術師、女性のお肌の救世主、おてんば錬金術師

鑑定と錬金術のレベルが上がっている。あとはよく使う水魔法かな。

なぜか、『称号』の項目の中身が増えたけど、『おてんば』は余計なお世話！

今度、全部鑑定しきれなかったあべこべの種を、もう一度見てもいいかもしれない。

それにしても、本題は永久凍土の石。効果は凄《すご》いけれど、注文も凄い。

調合相手は最強硬度を誇るアダマンタイト限定。そして使用者は『屈強な漢』……。『男』じゃなくて『漢』？　何かこだわりがありそうだわ。

私達のパーティーメンバーだと、該当者になりそうなのはマルクだけってことかしら？

でも、アダマンタイトは最強硬度を誇る分、きっと私やリィンにとっても加工が難しくなりそうな気がして、相談をしてみることにした。


そういう訳で、みんなの都合のつく日を見計らって、私のアトリエの二階に集まってもらった。

メンバーは、素材採取のメンバーである私、リィン、アリエル、マルク、レティアだ。

「……という訳で、以前採取した永久凍土の石なんだけど、氷属性の追加ダメージに加えて、継続ダメージも与える凄い武器の素材だったのよ」

私の説明に、集まったみなが目を見開いて驚く。

「火属性のドレイクは氷に弱いから言うまでもない。だけど、普通の魔獣だって氷攻撃に耐性がなければ、継続ダメージがつくんだろ？　そりゃあ凄い」

「魔剣じゃないか！」と叫んで、マルクが目を輝かせている。

うん、その貴方《あなた》をご指名なのよね。

「でね、ちょっと変なこと言うかもしれないけれど、調合相手はアダマンタイト限定、装備者は屈強な男性限定みたいなの」

『屈強な男性』という言葉で、みなの視線がマルクに集まる。最前線を担うくらいだから、彼の体は実はとても立派だ。ぱっと見てそう感じないのは、着痩せみたいなものだろうか？

何となく、反応あるかなと思って『永久凍土の石』をマルクに寄せてみた。

『おっ！　いい漢じゃないか！　顔良し身体良し。俺はこいつのパートナーになりたいねえ！』

うん、やっぱり気に入ったみたい。石自身も嬉《うれ》しいのかほのかにキラキラと光って見える。

「やっぱりマルクと相性がいいみたいね。多分我儘《わがまま》な素材さんみたいだから、言うこと聞いてあげないと効果が出ないと思うの。マルクのハルバードにしたいんだけど、いいかしら？」

「おお！　それは嬉しいな！　ハルバードってちょっとマニアックな武器だから、魔剣みたいな付加効果の付いた物ってなかなかなくて、憧れだったんだ！」

マルクが嬉しそうに石を撫《な》で、「よろしくな！」と言っている。

そして、聞こえないだろうが、石も『おう！　末長くよろしくな！』と言っている。

すっかり意気投合だ。

他のみなも、「使用者限定じゃあね」と言って、別に反論も上がらない。

そういう訳で、永久凍土の石は、ハルバードになることになった。

さっそく横で、リィンがマルクに対して、どんな形状にしたいかを聞き取りしていた。

ハルバードは、頭斧と、先端に細い突起を持ち、横に刃か突起をつけるなど、戦い方によって様々な形にすることが可能だ。

ならば、鍛冶師としては、最高の素材を最高の形状に鍛え上げたいのだろう。

そして、私とリィンにとっては、初めての魔剣（槍斧）づくりなんだもの。

気合が入るわよね！


さてと。

みんなが解散したから、まずは私の調合をしましょう。

購入してあったアダマンタイトのインゴットと、永久凍土の石を錬金釜に入れる。

……いくよ、永久凍土の石さん！

『おうよ！　よろしくな、嬢ちゃん！』

攪拌棒《かくはん》を持って、魔力を込めて金属を溶かしていく。アダマンタイトは硬く、安定性があるだけあって、溶ける温度は高かった。それだけでも魔力がごそっと持っていかれた。

【パーマフロスティン？】
分類：合金・材料　品質：中級品　レア：S
詳細：『永遠なる氷結』属性を持つ。武器にした場合、氷属性の継続ダメージを与える。だが与えるダメージは弱い。
気持ち：まだまだだね。俺の力はこんなもんじゃないぜ？

うん、知ってるわ！　まだまだいくわよ！

素材は貪欲に私の魔力を奪おうとする。そんな我儘な素材に、私は惜しみなく魔力を注いでいく。

……私の魔力量を舐《な》めないでちょうだい！

『お、嬢ちゃんなかなかやるねえ！』

そう作りかけの合金が私に語りかける。そして、もっと、もっとだと、貪欲に魔力を要求される。

……あげるわよ！　欲しいだけ持っていきなさい！

すると、錬金釜の中が激しく光って、中に美しい光沢を持った液体状の金属が出来上がっていた。

【パーマフロスティン】
分類：合金・材料　　品質：高級品　　レア：S
詳細：『永遠なる氷結』属性を持つ。武器にした場合、氷属性のダメージ追加0・3倍、一定間隔で最初に与えた基本ダメージの三分の一のダメージを継続して与え続ける。
気持ち：さあ、次はいい漢に似合う形に仕上げてくれよ！

「うわぁ、凄いわこれ。これがハルバードになったら、私の初めて作った魔剣になるのね！」

インゴットが冷えた頃合で、急いでリィンの工房へ制作を依頼しに持っていった。

「こんにちは！　リィン、例の魔剣のことで来たんだけど……」

と。あれ？

『おっ！　そこのドワーフの爺《じい》さん、いい漢っぷりじゃねえか！　俺はあいつに鍛えられたいな！　いい仕事しそうな筋肉持ってやがるぜ！』

なんと、ちょうどリィンと一緒に工房にいたドラグさんに、一目惚《ひとめぼ》れしてしまったようだ。


……もう！　なんて我儘な子なの！


そして、私からそのことを伝えると、ドラグさんが面白そうにカッカと笑う。

「まあ、魔剣になるような代物は、大概どこか癖があるもんだ。どれご指名だ。腕がなるね！　儂《わし》が鍛えてやるかね！」

そんなやる気満々のドラグさんの横で、魔剣を作れるぞと意気込んでいたリィンはすっかり肩透かしだ。ちょっと肩を落としながらも、ドラグさんにマルクから聞き取った形状を伝えていた。

そうして出来上がったハルバードは、またみんなが集まってのお披露目《ひろめ》となった。形は、慣れた物の方が使い勝手がいいという要望から、以前使っていた物と同じだ。それを、早速マルクが手にして、その持ち味や重さのバランスを測るために回したりしている。

【氷地獄の槍斧】
分類：武器　品質：高級品（プラス2）　レア：S（プラス1）

詳細：『永遠なる氷結』属性を持つ。基本攻撃のダメージに加えて、氷属性のダメージ追加0・5倍。また、一定間隔で最初に与えた氷属性のダメージを継続して与え続ける。
気持ち：大満足の出来だね！　惚《ほ》れた相棒と一緒に殺《や》ってやるぜ！　爺さんの技もほれぼれだったから、性能も上がったぜ！

ドラグさんが作ってくれたおかげで、品質も追加ダメージもアップしてるわ！　我儘な子は、色んなところで相性を発揮するのね。

「凄いぞこれ！　重さも手の馴染《なじ》みも、長年の相棒みたいだ！」

マルクは、普段のまとめ役としての様子からは想像出来ないくらい、はしゃいで大興奮している。

だって、武器も、あなたに惚れ込んでいるからね！

あれ？　惚れる？

そういえば、あの武器って口調が男性っぽかったわね。

マルクは男性よね。ん？

まあ、男同士の友情ってことでいいのよね？　ね？

で、とりあえず黙っとけばいいよね！

ちなみにちゃんとマルクからは必要経費と製作料を貰《もら》ったわよ！

第五章　秋の洗礼式での出会い

その日は、秋の洗礼式の日だったらしい。

たまたまマーカスが調剤に手間取り、代わりに私が王城へ配達をしに行った。

ちょうど王城からアトリエへ帰る途中に教会がある。そして、珍しい教会の人混みの状態を見て、私は今日が洗礼式の日だと思い出した。

私は春生まれだったので、春の洗礼式で五歳の洗礼を受けたけれど、今日は秋の洗礼式。秋から冬の間に生まれた五歳になる子供が洗礼を受ける日だったらしい。

春の洗礼式とは違って、イチョウが並木道を彩り、秋晴れの青い空に鮮やかにその枝を伸ばす。その枝を飾る黄色い葉っぱの隙間から、優しい日差しが差し込んでいる。

そして、あの日の私と同じ気持ちなのだろうか。子供達は自分の将来を夢に描いて、ワクワクとした面持ちで自分の順番が来るのを両親と一緒に待っている。


……あの日魔導師になる気満々で来たのに、神様のくださった職業は錬金術師で。五歳だった私は、ショックを受けてここで泣いたのよね。

あの日のことが懐かしくなってしまって、つい思い出に浸り、足が止まってしまった。

陽射しは暖かく優しい。だが、時折乾いた秋の風が私の体を撫でていく。

なんだかあの頃の思い出が蘇《よみがえ》ってきてしまって、私はそこに立ち尽くしていた。そんな私に、お供のリーフは寄り添って付き合ってくれる。


……少し感傷にふけりすぎていたかしら。


そう思って、帰ろうとした矢先のことだった。

まだ幼い女の子が泣く声がした。

「錬金術師だと！　この役立たずが！　うちは武家の家だと教えてきただろう！　このヴォイルシュ家の恥さらしが！」

そして、その少女を罵倒する男性の声。父親だろうか？

「これじゃあ、嫁入りで家を盛り立てることも出来ませんわね」

ため息をつきながら、地面にしゃがみ込んで泣いている少女を見下ろす女性。こっちは母親？

そして両親と思われる男女は顔を見合わせて頷《うなず》いた。

「お前はいらん！　ヴォイルシュ家の家系図からも外す！　孤児院なりどこへでも行くがいい！」

そう言って、男女が子供を置いていこうとする。


……ちょっと、さすがにこれはないでしょ！

カッとして、その男女の前に立って両手を広げて引き止める。

「酷《ひど》いじゃない。あなた達の子供でしょう⁉　職業が錬金術師だからって捨てようっていうの？」

私は、その二人を睨《にら》み付けた。こんな小さな子に、自分の子になんて酷いことするのよ！

もし家格がかなり上の家だったら問題になってしまうかもしれない……。わかってはいたけれど、どうしても止まらなかった。衝動的に動いてしまったのだ。

あの日の自分にこの子が重なって見えたから。

「……おねえちゃん……」

私の大声に気づいた少女が、涙でぐしゃぐしゃになった顔で私を見上げる。

「いらないんだよ！　錬金術師なんか。我が武力を誇るヴォイルシュ家には不要だ！　小娘風情が私の足を止めるなんて生意気だ！」

錬金術師なんか、ですって⁉

私は憤りを覚えて、反論しようとした。

けれど、ドン！　と男性に不意打ちに突き飛ばされて、私は、泣いていた女の子の横に尻もちをついてしまう。

そして、驚いたことに、彼らは馬車に乗って教会から立ち去ってしまった。

え？　私の隣にいる子はどうするの⁉

「おとうさまぁ！　おかあさまぁ！」

親を呼ぶ少女の横で、私は馬車が走り去るのを呆然《ぼうぜん》と見送る。

「え、まって！　わたしいらないこ？　だから……すて、られたの？」

少女が呟《つぶや》く。馬車に伸ばした手は、その手を受け止める者もなく、力なく落ちる。

その言葉が、その姿が。まるで、あの時部屋に閉じこもってしまった時の私のようで。

私は思わずその子に腕を伸ばして、体を引き寄せて、ぎゅっと抱きしめた。

少女が私に身を委ねて、しゃがみ込む。

「……いらなくなんかない！　いらなくなんてないわ！」

でも、私の腕の中の少女の体はショックで硬いままだ。

「錬金術師というのは、神様があなたにぴったりだと思ってくださった職業よ！　あなたはいらない子なんかじゃないわ！」

あの日、お父様が私に言ってくださった言葉をこの子に伝える。

そんな私達の間にリーフが割り込んできて、少女の涙で濡《ぬ》れた顔を、その大きな舌でベロンと舐める。

「きゃっ！　……おおきな、わんちゃん」

目をぱちぱちさせて、その子はリーフをまじまじと見る。

「この子はリーフっていうのよ。私はデイジーっていうの。あなたのお名前を教えてくれる？」

涙を舐めとるリーフの温かい舌に、少し表情の緩んだその子がぽつりと呟いた。

「……リリー。リリー・フォン・ヴォイルシュ……でした」

名を名乗ろうとして、もはや家名がないことを思い出したのか、また表情が暗くなってしまった。

そんな時、騒ぎを聞きつけた教会のシスターがやってきた。

「……家を追放された子がいると聞いてきたのですが……」

彼女は気遣わしげに、まだ地面に座り込んでいる私達に声をかけてきた。

「はい、この子は、リリー・フォン・ヴォイルシュという貴族のお嬢さんのようなのですが、錬金術師の職を頂いたのがご両親の気に障ったようで……」

そう伝えると、「そうですか……」と悲しそうな顔でそう言って、私達二人に手を差し伸べて、立ち上がるのを手伝ってくれた。

「中で、詳しくお話ししましょう。ここは少し冷えますからね」

そうして、私とリリーは、教会の談話室に案内されたのだった。

「リリー様のような場合、元が貴族のお育ちですから、出来れば身元を引き受けてくださる縁戚の方や、血縁はなくとも縁のある貴族の方に養女にしていただくのが良いのですが……。孤児院も門戸は開いてはおりますが、以前のような生活までは保証出来ないのです」

シスターが、リリーを慮《おもんぱか》っているのか、静かな声で事情を説明してくれる。

「お恥ずかしながら、教会の孤児院は経済的にも厳しいのです。子供達にも不便を強いておりますので……」

確かに、家名を奪われ、経済的にも苦しい孤児院にいきなり放り込まれるのは辛いわよね……。ちら、と横を見て隣に座るリリーの顔色を見ると、やはり下を向いて沈んだ顔をしている。

……本当は勝手なことしちゃいけないんだけれど……。

それと、『ヴォイルシュ』という家名に聞き覚えがあるのだ。お父様に確認したら、なにかわかる気がする。

「ねえ、リリー。貴女《あなた》が嫌じゃなかったらなんだけれど、私の実家で少しゆっくりしたらどうかしら。縁戚の方を探したり、身の振り方を考えたり、一緒にしましょう。私は、デイジー・フォン・プレスラリア。子爵家の娘で、錬金術師をしているのよ」

「……れんきんじゅつし……。おねえさんは、わたしとおなじ、れんきんじゅつし、なんですね」

うん、とにっこり笑ってみせて、リリーの頭を撫《な》でる。

「同じ職業を頂いたんだもの。なにかお手伝いが出来るかもしれないわ」

そこへ、シスターが口を挟んできた。

「……プレスラリア家といいますと、あの賢者様と聖女様の？」

「はい、妹です。父はヘンリー・フォン・プレスラリアといいまして、魔導師団の副魔導師長をしております」

私の身元が本当であれば、シスターとしては、リリーの保護をお願いしたい様子だった。だからといって勝手に娘の私が決めることは出来ないので、シスターとリリーを伴って、貸し馬車で実家に行くことにした。

教会を出る前に、王城のお父様には教会から知らせを出しておいてもらったので、私達が家に着くのとあまり差はなく、お父様も職場から早退して、家に帰ってきた。

リリーも私も、尻もちをついたりして服が汚れてしまっていた。なので、リリーには私の小さい頃の服を着てもらい、私は自宅に置いてあった予備の服に着替えた。

リリーはふんわりした肩まで伸びた蜂蜜色の金髪で、私と同じアクアマリンの瞳。瞳はくりくりとしていて大きく、愛らしい顔立ちをしていた。

「勝手なことをして申し訳ありません」

まず、私が向かい合って座る両親に頭を下げる。事情は、お父様には手紙で、お母様にはお父様が帰ってくるまでの間に伝えてあったのだけれど。

「いや、デイジーの判断は正しいとお父さんは思うよ。よく連れてきてくれたね」

そして、お父様は、リリーに「おいで」と優しい声音で呼びかけて手招きをする。

すると、リリーはなぜか首を横に振って、隣に座る私の腕をぎゅっと掴《つか》んだ。

「デイジーおねえさまといっしょがいいです……」

「おやおや、随分懐かれたものだね」

拒否されたことに気を悪くするでもなく、お父様は笑って、お母様と顔を見合わせる。

「シスター、娘の言うとおり、ヴォイルシュ家には知り合いがおります。リリー嬢程の年頃の子はいなかったはずなので、縁戚なのだとは思いますが……。私でしたら、そこから伝を辿《たど》ることも可能でしょう」

するとシスターが明らかにほっとした顔をする。

「リリー、話を聞いてくれるかい？」

お父様が話しかけると、リリーは私にしがみついたまま、顔をお父様の方へ向けた。

「デイジーのお父さんである私は、君の親戚と思われる人と知り合いだ。だから、君がこれからどうしていったらいいかを、一緒に考えてあげることが出来る。君が良ければなんだけれど、それが決まるまで、しばらくここのおうちでゆっくりとしていったらどうかと思うんだ」

するとリリーがじっと私を見上げてきた。

「デイジーおねえさまは、いっしょにいてくれる?」

アトリエもあるんだけれど……。

さすがに、放ってはおけない。

「明日、リリーを連れていって、アトリエのみなに聞いてみます」

お父様は頷いた。

「私は、明日にでも騎士団長のヴォイルシュ子爵に話をしてみる」

ああ、だから覚えがあったんだ。

私が五歳の時に王城で初めて商談をした際、挨拶した騎士団長がヴォイルシュ子爵だったのだ。

結局その夜は、実家に泊まることにして、「いっしょじゃなきゃいや」というリリーと同じベッドで眠ることになった。アトリエには、一晩不在にすることを、実家から手紙で事情を伝えてもらうことにした。

リリーは、両親からの心ない言葉で、やはり心のどこかに傷を負っているらしい。夜泣きをしたり、夢にうなされたりして、夜中に目覚めてしまう。その度に、私は一緒に目覚めては、彼女の体をさすってなだめ、眠りにつかせるのだった。

次の日、私はリリーを伴ってアトリエへ行くことになった。

店のみんなはちょうど朝食を食べたあとのようだったので、手短にリリーの紹介がてら、実家で預かっている事情やまだ精神的に不安定であることなどを説明した。

すると、ミィナは、リリーの境遇に目を潤ませ、マーカスは弟妹がいるためか、「小さな子供に酷すぎる！」と怒り、アリエルは「人間の親はなんてことするんだ！」と激昂《げきこう》していた（皆がみんなじゃないよ……）。

そして、その日一日リリーにはアトリエで過ごしてもらうことにした。せっかくアトリエに来たのだから、錬金術師になる彼女に、錬金術とはどんなものか触れていってもらおうと思ったからだ。

これに関してはマーカスが積極的だった。

実際、弟妹のいる長男のマーカスの方が、末娘の私より子供の扱いに長《た》けていた。

今、ちょうど蒸留器の前にマーカスが椅子に座り、彼の膝の上にリリーが座っている。

「リリー様、これは蒸留器です。普通のお水から、綺麗《きれい》なお水だけを取り出すのに使うんですよ」

「じょうりゅうき……。じゃあ、ふつうのおみずはきたないの？」

「そうですね、目に見えないほどの小さな細菌がいたりするんです」

「さいきん、ってなあに？」

「こうやって、お腹《なか》を痛くしたりするんです！」

そう言って、マーカスがリリーのお腹をくすぐる。

「や！　まって！　それは、いたいじゃなくて、くすぐったいわ！」

リリーは身を捩《よじ》ってキャアキャア笑う。

そんなリリーに、ぽんぽん、と彼女の両脇を叩いてマーカスが落ち着かせる。

「じゃあ、これで蒸留してみましょう。これも立派な錬金術ですよ」

よいしょ、と一度リリーを抱き上げて下ろす。マーカスがもう一個の椅子を持ってきて、二つの椅子を並べた。一つにはリリーを座らせ、もう片方にマーカスが座る。

二人で並んで座ると、マーカスが指さしをしながら、リリーに易しい言葉で器材の説明をする。

「これはフラスコといいます。これに、そこの井戸水を入れてください」

よいしょ、とリリーは椅子から飛び下りてから、フラスコを受け取る。そして木桶《きおけ》に入った井戸水を入れてマーカスに手渡す。そして、また、よいしょ、と頑張って自力で椅子に腰掛けた。

「フラスコは、こうして栓をします」

リリーは「うんうん」と真面目な顔をして頷いている。

「この赤いスイッチは、さっき水を入れたフラスコを加熱します。この青いスイッチは、蒸気になった水を冷やします。さあ、押してみて」

「えっいいの？」

きょろきょろとリリーがマーカスの顔と、二人を見守っていた私の顔を見比べる。

「うん、いいわよ」

私がにっこり笑って答える。すると、ドキドキしているのだろうか。しばらく両手で胸の辺りを押さえてから、リリーが赤と青の二つのスイッチを順に押した。

「あっ、ふらすこのまわりにちいさなぽつぽつができてきたわ！」

両手を作業台の上に乗せて、じっと覗《のぞ》き込む。

「ちいさいあわがおおきくなって、ぽこぽこしだしたわ！　それに、しろいもやもやが、ふらすこのなかにたまってきた！」

リリーの目は、その一連の変化を片時も逃すまいと、大きく見開かれている。

やがて沸騰し始め、冷却器で冷やされた水が、ぽたぽたと受け用のフラスコに溜《た》まり始める。

「この青い機械に冷やされて出来たこのお水が蒸留水ですよ」

そう言って、マーカスが蒸気の流れと、冷やされて水になった物を、ガラス管にそって指でなぞりながら示す。

「そろそろ空焚《からだ》きになってしまいますから、スイッチを切りましょう」

「はい」

リリーがスイッチを二つ共切る。

「これが、リリー様が初めて作った蒸留水ですよ」

そう言って、マーカスが受け用のフラスコに溜まった水を指し示す。

「うわぁぁ！　これが、じょうりゅうすいっていうのね！　とってもきれいね！」

感嘆の声を上げて、リリーは蒸留水の入ったフラスコの角度を変えては覗《のぞ》き込んでいた。

あれ？『とっても綺麗』って、目に見えるほどの差はなかった気がするんだけれど……？

初めてのことで感動しているから、そう見えるのかしらね。

やがて店仕舞《みせじま》いの時間になって、私達は先に帰らせてもらうことになった。

今後のアトリエのことを相談した結果、リリーの気持ちを優先しようと、みんなが協力すると言ってくれたからだ。私は、状況に応じてしばらく休むか、リリーを連れて店に来る。どちらにせよ、私が不在でもいいように動いてくれることになった。

みんな優しくて、頼もしいわ。ありがとう。

◆

そんな中、お父様と騎士団長さんとで話し合いの日取りを決め、その日がやってきた。

場所は我が家で、ということにしたらしい。

今日は安息日。お兄様も寮から呼び戻されていた。当然お姉様もいる。

お兄様もお姉様もリリーには同情的で、「それにしても酷《ひど》い親もいるものだね」などと言っている。

まだ進学前で自宅に住んでいるダリアお姉様は、ここ数日でリリーと仲良くなったらしい。『魔力玉によるカラフルお手玉』を披露して、リリーをきゃっきゃと喜ばせている。

なんでも、並行起動《パラレルシンキング》の応用らしい。違う属性の魔力は色が違う。そんな、属性の異なる魔力玉を複数個出して、コントロールするのだそうだ。お姉様曰《いわ》く、魔力操作の練習にもなる遊びなのだというけれど。

……普通そんな遊びしないと思う。いや、出来ない、の間違いね。

そんなことをして、約束の時間まで過ごしていると、騎士団長が我が家へやってきた。

「この度は、本当にうちの愚弟が迷惑をかけた！　大変申し訳ない！」

騎士団長は、みんながソファに座るなり、即座に頭を深く下げた。彼曰く、リリーの父親は騎士団長の弟の騎士。あの父親は騎士爵だったらしい。

ちなみに騎士爵というのは、騎士に与えられる位で一代限りのものだ。爵位を引き継げる最下位の男爵よりもさらに下位の貴族である。

「……おじ、さま？」

リリーが、見覚えがあるのか、首を傾げて恐る恐る尋ねた。

「ああ、そうだ。お父さんに酷いことを言われたんだってね。早く気づいてあげられなくて済まなかったね」

そう言って、騎士団長が向かいのソファから腰を上げる。そしてテーブルに片手をつけながら、リリーの頬《ほお》に触れようと腕を伸ばす。

だが、リリーはそれを拒んで、隣に座っている私の腕に抱きついて顔を隠してしまった。

「まあ、その反応も当然か……」

伸ばした手と体を戻した騎士団長は、苦笑いしながら腰を下ろした。

「大丈夫？　リリー」

私の腕の中に顔を隠してしまったリリーに尋ねると、騎士団長は自分を捨てた父の面影を思い出すので、嫌なのだといって首を振った。

「愚弟のしでかしたことだ。本家であるうちの養女にと思っていたのだが……。あれに似ているから嫌か。まあ兄弟だから、似ているのは当然といえば当然か」

リリーの嫌がる理由を聞いて、騎士団長が困った顔をする。

「私の容姿がこの子の心の負担になる……。ならば、しばらく待ってから養女に迎えいれるか」

騎士団長が、思案顔だったかと思うと、私の方に視線を向ける。

「それと、勝手な希望だと思われるかもしれないのだが……。私はこの子が不憫《ふびん》でならない。ならばせめて、彼女の将来のために最高の教育環境を与えてやりたいと思うのだ。そう考えると、デイジー嬢に、この子の師になっていただきたくてね」

そう言って、騎士団長に見つめられて、ちょっとびっくりしてしまった。


……え？　私はまだ十歳の子供よ？


「まあ、今この国で一番の錬金術師といったら、デイジーのお師匠様かデイジーでしょうね」

お姉様がそんなことを言い出した。

「え、ちょっと待って。私はまだ十歳よ？」

いやいや、と私が首を横に振ると、騎士団長がお姉様に同意する。

「ダリア嬢の言うとおりだ。そして、保護してくれたのが貴女《あなた》だったからなのか、リリーはデイジー嬢、あなたに心を許している」

「あの、騎士団長様。リリーが仮に騎士団長様の養女になって、デイジーの元で優れた錬金術の技を修めたとしたら……」

「……あれが、返せと言ってくるだろうな」

お兄様の言葉に、騎士団長が苦い顔をする。

「そんな、子供を都合のいい道具のようにいらないだの返せだの、酷いわ」

お母様もその想定には顔を顰《しか》めた。

「うーん。近い親戚同士だと、軽くそんなことを言ってきそうだね」

お父様がそう呟《つぶや》くと、組んだ両手に顎を乗せて、しばし逡巡《しゅんじゅん》するように黙ってしまった。

そうして待っていると、意を決したように顔を上げて、体の向きを変えてリリーに語りかける。

「ねえ、リリー聞いてくれるかい？」

私を間に挟んで、同じソファに座っているお父様がリリーに声をかける。

「……はい」

私にしがみつく力を緩めて、おずおずと顔を上げ、お父様の方に顔を向ける。

「リリーは、私がお父さん、彼女がお母さん、そして、ダリアとレームスとデイジーが君のお兄さんとお姉さんになるのは、嫌かな？」

「……え?」

「うちの養女にならないかなってことだよ。そうすると、元のおうちとは縁が切れるけれど……」

ゆっくりと優しく子供にもわかりやすい平易な言葉でリリーに告げる。

「わたし!」

そんなお父様に、リリーが弾かれたように顔をしっかり上げて、語り出す。

「わたし、おとうさまに、『やくたたず』『はじさらし』『いらない』っていわれて、おいていかれました!」

その時のことを思い出して、涙を浮かべて話し出すリリー。そんな健気《けなげ》で不憫な彼女の訴えに、女性達はハンカチで目を押さえる。私も、リリーのことをぎゅっと抱きしめた。

「でも、デイジーおねえさまは、いらないこじゃないって、れんきんじゅつしは、かみさまが、わたしにぴったりとおもってくれたんだっていって、ギュッてしてくれたんです!」

リリーはしゃくりあげながらも、一生懸命自分の想《おも》いを伝えようとする。

「わたしは、そんなデイジーおねえさまのいもうとになりたいです! ここのおうちの、やさしいみなさんの、かぞくになりたいです!」

私が、リリーを抱きしめる腕を緩めて向きを変えてやり、リリーの背をお父様の方へそっと押す。

お父様が、リリーを大きな腕で抱きしめた。

「……じゃあ、家族になろう」

「……かぞく。でもやくたたずなわたしが、いいんですか……?」

「デイジーが言ったろう？　君は役立たずなんかじゃないよ。それと、私はリリーと家族になりたいんだけれどな。リリーは、私がお父さんじゃ嫌かい？」

「……いやなんてっ」

リリーがぶんぶんと顔を横に振る。

「……かぞくに、してください。……えっと、あの……おとう、さま」

優しく抱きしめるお父様に応えるように、リリーもおずおずと小さな細い腕をお父様の背に回す。

「皆、いいよね？」

「「「勿論です」」」

もはや家族に異論はなかった。

「リリー、いらっしゃい。お母さんのところにも来てちょうだい」

お母様が、両腕を広げる。その言葉にお父様はリリーを解放し、リリーはお母様の腰かけている場所に移動して、その腕の中に納まった。

「……おかあ、さま？」

「ええそうよ、リリー。うちの女の子はね、みんなお花の名前って決めて名付けているの。リリーは百合《ゆり》ね。まるでうちの子になる運命だったみたいに、お揃いだわ」

そう言って抱きしめて頬ずりをする。リリーは擽《くすぐ》ったそうにしながらも、お母様の背に腕を回して微笑んだ。

そして、それを見守りながら、これでもかというくらいに深く騎士団長が頭を下げていた。

私の国の制度として、国が管理する戸籍というものは存在しない。貴族の戸籍は、各家の家系図任せなのが実情だ。だから、勝手に除名したり、養子に出したあとに返せと言ったりというようなトラブルもありうる。

そのため、後顧の憂いを断っておくために、リリーをプレスラリア家の養女にすることについて念書を作ることになった。

お父様と騎士団長、リリーの父だった騎士が、念書に署名する。

そして騎士爵から子爵の家の間での養子にしては大袈裟《おおげさ》かもしれないが、さらなる念押しのために国王陛下にも署名を頂いた。

また、騎士団長は養育費の名目でお父様にお金を渡したがったが、お父様が断ったらしい。

今回の件に関わった教会のシスターにも、事の顛末《てんまつ》を連絡した。彼女はその後のリリーのことを心配していたようで、とても喜んでくれた。

こうして、リリーは、リリー・フォン・プレスラリアとなり、私の妹になったのだ。

◆

まだ幼いリリーの生活の場所は基本、私の実家のプレスラリア家だ。

家族に馴染むこと。読み書き計算や礼節、立ち居振る舞いといった、貴族として必要なことをしっかり学ばせるために、家庭教師を付けてもらって勉強することになった。なんといっても、まだまだ五歳の子供なのだから。

ああ、そうだ。まだ実家にいるお姉様に、魔力操作の方法を教えておいてもらった方が錬金術師になるためにはいいかもしれない。伝えておいた方がいいわね。

そして、侍女にはケイトを付けてくれるらしい。

アトリエの住居階は、女性階である三階の部屋が埋まってしまっている。先々リリーとケイトが引っ越してきてもいいように、四階を増築することにした。彼女は私の妹なので、部屋の広さは私の部屋と同じく広めにするつもりだ。

そんなことを経て、私はアトリエに戻ったのだった。

第六章　錬金術師と新しい家族

リリーが家族になって、私のアトリエでの日常も少し変わる。

リリーには、決められた勉強の時間があるけれど、五歳の子供に詰め込み教育をしている訳ではないので、お休みの日もあるし、半日自由という日もある。

そして、そんな空き時間の中で、お母様と一緒に庭を見ながらおしゃべりしたり、お姉様に本を読んでもらったりと、家族にも馴染んできているらしい。

そして、やっぱりまだ夜は怖い夢を見てしまうから、ひとりで寝るのは嫌だと言って、お父様、お母様、お姉様達とかわるがわる一緒に寝てもらっているのだそうだ。

実の両親にあんな酷いことをされたのだから、仕方がないのかもしれない。

きっと、いっぱいいっぱい甘えて、愛されてゆっくりと心の傷を癒《いや》していくのだろう。

そんな彼女が、きちんとお勉強をこなしたあとに、時々私のアトリエにやってくるのだ。

もちろんまだ幼いので、ケイトを伴って馬車でやってくる。

ケイトに手伝ってもらって馬車を降りると、パタパタと駆け足で私を探す。

「デイジーおねえさま～！」

店の外から、元気な声がする。

お迎えに行こうかしら。そう思って、錬金工房にいたのだけれど、声のする方へ私は向かうことにした。

「あら、リリー様。こんにちは」

「今日も元気がいいわね！」

オープン形式になっているパン工房から、ミィナとアリエルの挨拶の声が聞こえてくる。

「あっ、きょうのミィナのパンも、おいしそうだわ！」

子供の思考はコロコロ変わるみたい。

美味しそうなパンを見つけて、足が止まったようだ。

そこで私はリリーを捕まえて、彼女の頭を撫《な》でる。

「いらっしゃい、リリー」

リリーは、私を見上げるとくしゃりと嬉《うれ》しそうに笑う。

「おねえさま、いたぁ～！」

リリーがぎゅうっと私に抱きついてくる。

「ちゃんとお勉強は済ませてきたの？」

私が尋ねると、リリーがエッヘンと自慢げに胸を張る。

「わたし、こんしゅうのよみかきのときに、おねえさまにいただいた、れんきんじゅつの、ごほん、よめたんですよ！　ね、ケイト？」

連れ立ってリリーのそばに控えているケイトが、「はい、頑張りましたね」と頷《うなず》いて、にっこり笑う。

あれ？　それは凄《すご》い。だってまだリリーは五歳の誕生日を迎えたばかり。

同じ年頃の子だと、絵本を使って読み書きの勉強をするのが普通って聞くけれど……。

「デイジーおねえさまといっしょに、れんきんじゅつ、やりたくて、がんばったんだから！」

そして、必殺の上目遣いをしてくる。うん、彼女のオネダリは強力だ。

「ねえ、おねえさま。リリーは、ぽーしょんっていう、おくすりをつくりたいの！」

そう言って私のワンピースをきゅっと握る。

「ははーん。それでアトリエに来たって訳ね」

ケイトに視線を向けると、「そうなんです」と苦笑いしながら頷いた。

読み書きの教材も、私のお下がりの『錬金術入門』じゃなきゃ嫌だとごねたらしい。

錬金術の本を読めたというのも、家庭教師の先生の手助けがあってのことらしい。

まあでも、そんなに興味があるなら、一緒にやってあげないとね！

「じゃあ、一緒に『ポーション』を作りましょうか。まずは素材よ」

小さな手をとって、手を繋《つな》いでまず畑へ行く。ケイトはその場に残るようだった。

「ここが畑よ。栄養たっぷりに育った材料が、いいポーションになるのよ」

そこには、イキイキとした葉を開いて、たっぷりのお日様を浴びる素材達でいっぱいだった。

「はたけ！」

繋いだ手を離すと、リリーは、わあ！　とはしゃぎながら、畑に植わっている素材の元へ走っていく。

「ごほんにかいてあった、いやしそうと、まりょくそうだわ！」

リリーは、ポーションの材料である、癒し草と魔力草の前にしゃがみ込む。

「そうよ、よく覚えているわね」

しゃがみ込んでいるリリーを撫でてやる。

すると、リリーは、畑で働く妖精さんをはっきり指さしながら言った。

「あれは、ようせい？　えほんでよんだわ！」

『妖精』と言われて彼らもびっくりして作業の手を止める。

すると、一人の妖精の男の子がリリーの元へやってきた。

「君は、僕達が見えるの？」

そう言って、首を傾げながらリリーに手を差し出してきた。

「みえるわ。わたしはデイジーおねえさまのいもうとの、リリー。よろしくね」

そして、妖精さんが差し出した手を、親指と人差し指で摘んで握手している。

「ちょっとちょっとデイジー！　これはどういうこと？　あの子、緑の聖霊王様の御加護《ごかご》はないはずなんだけど……」

いつもの精霊の女の子が私のそばに飛んできて、興奮気味に尋ねてくる。

……うーん。ちょっとごめんね、覗かせてね。

そう思いながら、妖精さん達と戯れるリリーを鑑定する。

【リリー・フォン・プレスラリア】
子爵家三女（養女）　体力：10／10　魔力：150／150　職業：なし
スキル：錬金術（1／10）、研ぎ澄まされた五感
賞罰：なし
ギフト：技能神の加護
称号：なし

……まさかのギフト持ちだった。それと、なんだか不思議なスキルを持っているわね。

「驚いたかい？」

聞き覚えのある優しげな男性の声に振り返ると、なんと緑の精霊王様が私の背後にいらっしゃっていた。

「久しぶりだね、デイジー」

淡く光り輝くその神々しいお姿に、やはり私はため息をついてしまう。

「精霊王様……」

精霊王様は、私の肩を優しく持って、リリーのいる方に体を向かせる。そして聖霊王様は私の背後に立って寄り添っていらっしゃる。背と肩に、聖霊王様の温《ぬく》もりを感じる。

自然と、リリーが妖精さん達と遊ぶ姿を、二人で見守る体勢になった。

「洗礼式は神々も見守っていてね。リリーのことは、技師達全てを庇護《ひご》する技能神が見守っていた

んだ。彼は、彼女が両親に受けた仕打ちに涙を流してね。不憫《ふびん》だと言って彼の加護を与えたんだよ。元々、優れた五感は持っていたんだけどね」

そう説明しながら、私の頭を優しく撫でる。

「君が必死に保護しようとしてくれたことを、技能神はとても感謝していたよ。だから、君にも彼の加護が増えているはずだから、あとで確認するといい。きっと君のこれからに役立つはずだ」

「……そんな。私に御加護だなんて。あれは、何となく私の時と重なってしまって……見ていられなかっただけで……」

精霊王様がまた私の頭を優しく撫でる。

「そうか、……やはりデイジーは優しいね」

そう言うと、精霊王様は私の後頭部にそっとキスをする。

「君は君の思うままに自由に生きればいい。……私はそんな君を愛しているから」

……え？

その言葉に、急に頬《ほお》の温度が上がるのを感じる。

きっと顔が赤くなってしまっているわ。

それを隠したくて、私は自分の両頬を手のひらで押さえた。

「……リリーを慈しんで、導いてあげてやって欲しい」

……え？　え？　私なんで赤くなっているの！　なあに、これ！

「あれ？　デイジーにはまだ刺激が強すぎたかな？」

クスッと笑う声がすると、口付けを受けた後頭部を手でぽんっとされた。

「……リリーをよろしくね」

そう言うと、頬を押さえている手の片側に唇が触れる。そして、背中に感じていた精霊王様の体温は消え去ってしまった。

「あれ？　おねえさまどうしたの？」

一人で立ち尽くして頬を押さえている私に気づいたリリーが、不思議そうに首を傾げていた。

「な、なんでもないのよ？」

私は気を取り直して、リリーと一緒にポーションにするための葉を選んで採取した。手を繋いで錬金術の作業部屋へ向かう。

精霊王様のお戯れのせいで、まだ頬が火照っている。

……っと、リリーと一緒にポーション作るんだから、気を引き締めないと！

私は空いている方の手で頬をぺちぺち叩《たた》く。

リリーはそんな私を見上げて、また首を傾げていた。

作業部屋へ行くと、私は素材を机に置いて準備を始めた。まだ小さなリリーのために用意した、少し座る位置が高い子供用椅子を、普通の椅子と並べる。そして、ケイト用にも、もう一つ置く。子供用椅子には、自分で座れるように一段踏み台兼足置きがついている。だから、リリーでも一人で乗り降り出来るようになっている。

自分用の椅子だと聞いて、リリーが嬉々《きき》としてその椅子に腰掛けた。私はリリーの隣、ケイトは私達を背後から見守れる位置で椅子に腰を下ろす。

「リリー、癒し草と魔力草の葉っぱを少しずつ齧《かじ》ってみて」

うん、と頷いて、それぞれの葉を齧る。そしてみるみるうちに、眉間に皺《しわ》が寄る。

「おねえさま、にがいです〜」

そして、ゴミ入れの中にペッと吐き出した。

「そうね。そういう時は、下処理をするのよ。見ていてね」

「したしょり」

頷きながらリリーが反復する。

私は、椅子から立ち上がり、癒し草と魔力草を塩で揉《も》んでお湯でサッと下茹《したゆ》でし、すぐに冷水で冷やす。そして水気をよく切った。

「次に、みじん切りにするの」

「みじんぎり」

そうして出来た、癒し草と魔力草の混合物をビーカーの中に入れて、水を加える。

ビーカーは、加熱器の上に載せる。

「これは、加熱器よ。加熱器は、蒸留機にもついていたから、わかるかしら？」

「うん！　あの、おみずがぷくぷくってなるやつね！」

「そうね。よく覚えていたわね」

偉いわ、と言って頭を撫でると、リリーは嬉しそうに笑う。

加熱器の操作の仕方を教え、ポーションが完成するまでの手順をやってみせた。

「おねえさま、スプーンと、ちいさなおさらをちょうだい」

……スプーンとお皿を何に使うのかしら？

不思議に思ったけれど、リリーに渡す。

リリーがスプーンでビーカーの溶液を少しすくって、お皿に載せる。ふうふうしてから、それを飲んでしまった。

「うん、あまくてのみやすいわ！」

味見をしたかったのね。

「じゃあ次は、一回自分でやってみる？」

「うんっ！」

リリーが嬉しそうに大きく首を縦に振る。それを見て私は、ビーカーの中に、素材と水を入れて加熱器の上に載せた。

リリーは、私の手順を覚えているのか、自分で加熱器のスイッチを入れた。

すると、ビーカーの周りに気泡が出来て、小さな気泡が付き始めた。

【ポーション？？？】
分類：薬品　品質：普通（マイナス3）　レア：C
詳細：有効成分は薄め。

気持ち：まだまだだね！

リリーがまた味見をする。

……えっと、ポーションの材料は毒性がないから大丈夫、かな？

でも、何でもかんでも飲んでいい訳じゃないし、癖になったら困るわね。

「ねえ、リリー」

「はい、おねえさま」

「味見は味だけ確認したら、吐き出した方がいいわ。ポーションは大丈夫だけれど、今後そうでない物も扱うことになるの。その時、飲んじゃうのが癖になっていたら危ないでしょう？」

私はリリーに説明して、吐き出すためのコップを手渡した。

リリーは、素直に、ぺっと溶液を吐き出す。

ただ、そのあと不本意そうに口を下向きに曲げた。

「ぜんぜんあじがしないわ」

もう少し経つと、気泡が大きくなってきた。

【ポーション】
分類：薬品　品質：普通　レア：C
詳細：有効成分はまだ薄い。

気持ち：一般品のポーションってとこかな。

リリーがまた味見をする。

「まあ、それなりによさそう」

さらに経つと、時々ポコポコし始めた。

「時々混ぜてあげてね」

そういう私の言葉に頷《うなず》いて、リリーはスプーンで溶液を撹拌《かくはん》した。

【ポーション】
分類：薬品　　品質：高級品　　レア：C
詳細：有効成分が十分引き出されている。ほんのり上品な甘みがある。一般品の2・0倍の効果を持つ逸品。
気持ち：よく出来ました！

「あ！　おねえさまのと、おなじあじがする！」

リリーは、加熱器のスイッチを自分で止めた。

「できたわ！　わたしの、ぽーしょんよ！」

えーっと？

なぜ、リリーはこのタイミングがわかったのかしら？

この子には鑑定スキルはないはずなんだけれど……。

「ねえケイト」

「はい」

「細かい作業は手伝ってもらったとしても、五歳の子が、ポーションを完成させられるものかしら？」

「そんな方にお仕えしたことがあった気がしますけどね」

そう言って、ケイトが、ちら、と私を見る。

いや、私の時は色々失敗もしたわよ？

ああ、それに私の時も、ケイトにみじん切りを教えてもらいながらやったのよね。懐かしい。

って、そうじゃない！

今の問題は、なぜリリーが完成のタイミングがわかったのかだ。

ギフトのせい？　でもこれはまずい気がする。バレたら、元両親から「返せ」って言われそう。

悩む私の隣で、当人のリリーは、キョトンとした顔をしている。

「おねえさま、これできてないですか？」

「ううん、完璧よ！　初めてなのに凄《すご》いわ！」

少し顔を曇らせたリリーの両頬を手で包み込み、おでことおでこを触れ合わせてスリスリしながら褒める。

「じゃあ、まだ葉っぱのカスが残っているから、取り除きましょう。やり方を見ていてね」

そう言って、私はポーションを布で漉《こ》して瓶に入れた。

リリーが、見様見真似《みようみまね》でやってみる。だが手先はまだまだ十分な器用さはないらしい。

結局、一瓶分はこぼしてしまったけれど、「さいごまでできた！」と言って、リリーがポーション瓶を持って胸を張っていた。でも、作業台はびしょびしょよ？

でもまずは、今日のことをお父様に報告して、今後の対策を考えないと！

結局その日は、リリーと一緒に実家に帰ることにした。

そうして実家で、仕事から帰ってきたお父様、そしてお母様に、今日のことを報告した。勿論リリーも同席している。

「……一度味見をしただけで出来た？」

お父様が絶句していた。

うん、まあそのお気持ちはわかるわ。

「えーっと、リリー。どうしてデイジーと同じように作れたのかしら？」

お母様が困惑したような顔でリリーに尋ねた。

「おねえさまがつくったものと、あじがおなじだっておもったの」

「鑑定で確認したのですが、リリーは技能神様の御加護《ごかご》を頂いているようです。そして、スキルに優れた五感を持っているみたいなんです」

私が鑑定で確認したことを、お父様とお母様に伝えた。

「なるほどね。だから味を確認しただけで、デイジーの模倣が可能なのかもしれないね。でも、そうするとなぜ、あの両親はそんな優れた子を放逐したりしたんだ……？」

お父様は理解出来ないといった様子で、首を捻《ひね》った。

「五感の良さは生まれつきのようですが、御加護については、放逐されたリリーを技能神様が哀れんでお授けになったと、精霊王様に教えていただきました」

その説明に、お父様が「なるほど」と頷く。

「まあ、国王陛下にもご署名いただいた念書があるから、返せとは言えないだろう。やりすぎかとも思ったが、陛下にまでお願いした甲斐《かい》があったということか」

深刻そうに話す私達を見て、リリーの顔が曇り出す。

「大丈夫」

そう言ってお父様が立ち上がってリリーの元へ行き、抱き上げて頬ずりする。

「リリーのことは家族みんなで守るから、リリーはなんにも心配いらないよ」

「はい！」

リリーの顔が晴れやかなものに変わる。彼女はお父様の頬《ほお》ずりを擽《くすぐ》ったそうにしながら、お父様の腕に抱かれていた。

リリーは既に我が家の可愛《かわい》い末っ子。子供を家の道具としか思っていない元の親のところに戻すことなど、もう家族の誰も認めはしない。

家族の思いは一緒だ。

リリーの不思議な能力の件については、ひとまず家族の中だけで隠すことになった。

そんなある日、私は調合せずじまいの癒《いや》しの石を加工しないと、そう思いたった。

リリーのことで実家に帰ることが多く、延ばし延ばしになっていたのだ。

自由な時間が欲しいと思って、納品用のポーション作りをマーカスにお願いすると、彼は快く引き受けてくれた。

その言葉に甘えさせてもらって、自分は合金作りの方をやってしまおう。

そう思った矢先、外から元気な声がした。

「おねえさま～！」

そして、ケイトが開けたのだろう。チリン、とドアベルの音がして、錬金工房の中にパタパタと子供の足音が響いた。

「おねえさま、マーカス。こんにちは」

リリーが、習いたてのカーテシーでお辞儀をする。なぜ習いたてとわかるのかというと、少しグラグラしているのを一生懸命我慢しているのが見えているからだ。

うん、その一生懸命さが可愛いわね。

そして、その背後で、お供でやってきたケイトも頭を下げた。

リリーは、私とマーカスを交互に見る。そして、その立ち位置で察したのだろう。

「マーカス！　ぽーしょん、つくるの？」

マーカスの元へ行って、彼のシャツの裾を掴《つか》んで尋ねる。

「はい、そうですよ。国に納めるポーションを作るんです」

「わたしも、ぽーしょん、つくれるわ！　ねえ、やらせて！」

そう言って、お父様に買っていただいたのだろう、まだ真新しいポシェットの中から、この間作ったポーション瓶を取り出して、自慢げに披露した。

「えっと……」

マーカスは、その瓶を見て驚きつつも、困った顔をして私に助けを求めてきた。

うーん、そうねえ。どうしようかしら。

でも、製品の見極めは出来るのだから、危なくない範囲でやらせてあげてもいいかもね。

「刃物はまだ使わせたくないから、下処理はしてあげてちょうだい。あとは、リリーは味見をしながら確認をするの。小皿とスプーン、それから味見後に吐き出すための、コップも出してあげてちょうだい」

「はい、承知しました」

そうして、リリーはマーカスとケイトの見守る中、またポーションを作るのだった。

さて、私は癒しの石ね。エプロンと軍手を身につけて、と……。

【癒しの石】
分類：鉱物・材料　　品質：良質　　レア：B

詳細：装備品に加工することで、自然に体力回復の効果を発揮する。他の装備品に同じ効果がある場合は加算される。

気持ち：シルバーさんが優しそうだから一緒になりたいな。

じゃあ、シルバーのインゴットと癒しの石を入れてっと。

魔力を込めようかな、と思った矢先に、大きな声がした。

「できた！　こないだの、おねえさまのと、おなじあじの、ぽーしょん！」

またできた、とリリーが無邪気にバンザイしていた。

「デイジー様、品質に問題はありません。本当に出来ています」

味でわかる方もいるんですねえと、マーカスが驚いている。

「ねえ、つぎ！　つぎの、ぽーしょんもつくりたいわ！」

せがまれたマーカスは、また困った顔でこっちを見て、助けを求めている。

……そうねえ、ハイポーションは魔力操作がいるからちょっと早いわね。マナポーションだったら、魔石を触媒にして反応を促進させるだけだから、ちゃんと手順を覚えれば出来るかしら？

私は、手に持っていた攪拌棒《かくはん》を壁に立てかけて、軍手を脱いで、リリーのそばまで移動する。

そして、リリーの横にしゃがんで目線を合わせる。

「リリーは、ダリアお姉様との魔力操作は上手になったかしら？」

錬金術では、魔力操作の能力が必要な品もある。

だから、実家で魔力操作を教えておいて欲しいとダリアお姉様にお願いしていた。

でもリリーは、剣を持って仕える家柄の子。魔力操作に馴染《なじ》みはなかったはず。その上達具合を確認したかった。

すると、リリーは素直に首を横に振った。

「まだ、ぜんぜんじょうずにできません」

リリーの眉がみるみるうちに下がる。

じわじわ目が潤んでいるのが見て取れて、泣き出すかと心配になってきた。

「まだリリーは始めたばかりなんだから、出来なくても大丈夫よ。そのうち出来るようになるから、安心して」

そう言って頭を撫《な》でてやると、ほっとしたように笑顔を浮かべる。

大体、教師は、超がつくほどの努力家の聖女ダリア様。お姉様は天才というよりも努力家なのだ。だったら、出来ない子に教えるのに、これほど良い先生はいないはず。

「じゃあ、今日は魔力操作がいらない別のポーションの調合をしましょう。ちゃんと練習を頑張って、魔力操作が出来るようになったら、その次のポーションを作りましょうね」

「はい！」

リリーが嬉《うれ》しそうに大きく頷く。

「マーカス、マナポーションの作り方を一度見せてあげて。そして完成した物の味見をさせて。そうしたら、次に、リリーにやらせてみてちょうだい」

「承知しました」

マーカスは頷くと、下処理を慣れた手つきでササッと済ませる。

そして、マーカスにお手本を見せてもらったら、リリーの番だ。

【マナポーション？？？】
分類：薬品　　品質：低品質　　レア：C
詳細：そもそも素材のエキスが薄い。
気持ち：全然だね！

リリーがまた味見をする。

「ぜんぜんあじがしないわ」

マーカスの手順を見ていたようで、彼がやったようにスプーンでくるくるかき混ぜている。

もう少し経つと、気泡が大きくなってきた。

【マナポーション】
分類：薬品　　品質：低品質　　レア：C
詳細：それぞれの素材のエキスが出たってくらいだね。
気持ち：これからだよ！

リリーがまた味見をする。

「これは、あじがちがう」

唇をぷうと尖《とが》らせて、首を横に振った。

さらに経つと、時々ポコポコし始めた。

「ませきさんのうえで、ちゃんとはんのうしてね」

そう言ってリリーは、またスプーンで溶液を撹拌《かくはん》した。

【マナポーション】
分類：薬品　　品質：高級品　　レア：C
詳細：有効成分が出来上がっている。一般品の2・0倍の効果を持つ逸品。
気持ち：よく出来ました！

「あ！　マーカスのと、おなじあじがする！」

リリーは、加熱器のスイッチを自分で止めた。

「凄《すご》いですねぇ。天性の味覚、と言ったところなんでしょうか……」

マーカスは、感心しきってリリーの才能を褒めそやす。

でも、リリーが味見して確認する癖があるのなら、万が一のために守護の指輪が必要かしら。あれは、状態異常――毒にも耐性がつく。リィンに頼んで、残っているインゴットから作ってもらわないといけないわね。

やがて日が暮れてきた。アトリエの仲間達に断りを入れて、その日も店仕舞い後は一緒に実家に帰ることにした。

リリーがマナポーションを作れたことを報告がてら、彼女の魔力操作の上達具合をお姉様に聞いてみるのもいいかな、と思ったからだ。

「きょうは、デイジーおねえさまに、いっしょにねていただこうかしら！」

馬車の中で、リリーはご機嫌である。

だが、私は喜んではしゃぐリリーに笑顔で接しながらも、この子のことが心配だった。

誰かと一緒でないと眠れなかったり夜泣きしたりというリリーの問題。酷《ひど》い時にはこの歳《とし》でおねしょをしてしまうらしい。それはおそらく『心の傷』が原因ではないかと思っている。

『役立たず』などと心ない言葉を浴びせられたことが、心のどこかに残ってしまっているのではないかと思うのだけれど、どうしたらその傷を癒してあげられるのだろう。

隣ではしゃぐリリーの頭を撫でてやり、今夜は一緒に眠る約束をしながらも、私の頭はそんな悩みでいっぱいだった。

実家に到着して馬車を降り、リリーと手を繋《つな》いで家に入る。いつものように、玄関でセバスチャンが出迎えてくれた。

そして、家族と共に夕食を取った後、お姉様と話がしたいと伝えて、居間でリリーの状況を聞かせてもらうことにした。

私とお姉様が向かい合ってソファに座る。

「リリーが来て一か月くらいでしょう？　毎日とは言わないけれど、ユリア先生に教わったとおりに教えてはいるの。だけど、どうしても『動かない』って言うのよね」

実のところ、最初でつまずいたままのリリーに、お姉様もこの先どう教えたら良いのか悩んでいたらしい。

ちなみに、ユリア先生とは、私達に魔法の使い方を教えてくださった、家庭教師の先生だ。

「一か月……は長いわね」

「そうなのよね。他になにか原因があるのかしら？」

お姉様と二人、首を捻《ひね》ってしまう。

そこへ、お父様が通りかかった。

「おやおや、二人して何を悩んでいるんだい？」

「「お父様！」」

二人でお父様を引き止めて、相談に乗ってもらう。

「……確かにそれは長いね。もしかしたら『魔力詰まり』が原因かもしれないな」

「魔力詰まり、ですか？」

それは初めて聞いた言葉だった。

「うん、魔力回路に魔力を流していないと、回路の中の魔力はずっと冷えている。時々それが固まって詰まってしまうケースがあるんだよ」

そうすると、その詰まりを溶かさない限り、魔力行使に不自由が生じるのだという。

「それが原因だとしたら可哀想《かわいそう》ですわ。リリーはとても努力しているのに……」

お父様の説明を聞いて、お姉様が気遣わしげにリリーを見る。

彼女は離れた場所でお母様に本を読んでもらっている。

「王城の隣にある『魔法研究所』の研究員に『診られる』人がいるから、リリーを連れてちょっと診てもらいに行こうか」

そして、お父様がその研究員の方にリリーを診てもらうようお願いしてくれることになった。

そしてリリーを診てもらう日。

お父様と私とお姉様が、リリーに付き添って『魔法研究所』にやってきた。そこは王城の端にあり、まるで塔のような建物だった。

そして、お父様を先頭にして、その研究員さんの研究室だという部屋を訪ねた。お父様がドアをノックすると、強い癖のある髪を無造作に一つに束ねた女性がドアを開けてくれた。

「やあヘンリー。いらっしゃい。待ってたよ」

気さくに言って、ドアを大きく開け、私達に中に入るように促した。

部屋の中は、なんというか、本や書類の山、山、山。そして、そんな部屋の中に、本が山積みの机と、診療台なのか、簡易なベッドが置かれていた。

私はその部屋の様子に驚いてキョロキョロと見回してしまう。

「研究をしていると書類や本が溜《た》まる一方でね。片付けも苦手と来たもんだから、こんな有様なんだよ。私はここの研究員のアリシア・フォン・ヴィッツレーベン。よろしくね」

「部屋が片付いていないのは気にしないで」と言いながら、自分は机の備え付けの椅子に座り、私達には唯一空いている診療台に腰をかけるように勧めてきた。

「診て欲しいのはどなたかな？」

「この末娘のリリーが魔力詰まりの可能性があってね」

そう言ってお父様がリリーを紹介する。

「なるほどね」

アリシアさんは机の上に無造作においてあった眼鏡をかける。そして、「この眼鏡は、私が開発した魔道具で、魔力回路を診ることが出来る、特殊な眼鏡なんだ」と説明してくれる。

そして、アリシアさんが、リリーの前に来てしゃがみ込む。そして、リリーの頭をポフンと撫でて、彼女に挨拶をする。

「これから、リリーちゃんの中で魔力が流れる状態を診せてもらうね。痛いことはないから、安心して？　手を繋がせてもらうよ」

そう言うと、膝の上に置いているリリーの手を掬《すく》いとって、二人で一つの輪っかを作るように、手のひらを合わせて繋いだ。

「私の魔力をリリーちゃんにゆっくり流していくね。そうすると、どこが詰まっているのかわかる。もし詰まっているのなら、流し込んだ私の魔力の熱でゆっくり溶かしていくよ」

そう説明すると、彼女はリリーの体をじっと眼鏡越しに見る。

「あ、てのひらから、うでが、あたたかい」

リリーが言うと、アリシアさんは「うん」と頷く。

「それが、魔力だよ」

アリシアさんに言われると、わあっとリリーは顔を輝かせる。

「ダリアおねえさまがおしえてくれたとおり、ほんとうに、まりょくって、あたたかいのね！」

徐々に魔力は流し込まれているらしい。リリーは、あそこが温かいとか、こっちが温かくなったとか、逐一状況をみんなに報告する。

「ああ、見つけた」

しばらくすると、アリシアさんがリリーのおへそ辺りをじっと見つめた。

「ちょうど魔力を生む臓器がオヘソの下辺りにあるんだけどね、その出口が左右共詰まっているみたいだ。リリーちゃん、しばらくこのまま体が温かいままにするよ。じっとしていてね」

アリシアさんの説明に、リリーはコクリと頷き、大人しく待つ。

同伴した私とお父様、お姉様もしばらくそのまま待つ。

「あ！　オヘソのしたが、あたたかくなったわ！」

アリシアさんが満足気に頷く。

「治療は完了。もう、問題ないよ」

そう言われて、お父様とお姉様、そして、私が安堵《あんど》のため息を吐く。

「今は、リリーちゃんの中で回る温かいものが、手のひらから出ていって、反対の手から私の魔力が入ってくる。二人の間でぐるぐるしているのはわかるかな？」

「うん！」

嬉しそうに笑って、大きくリリーが頷く。

「これを、一人でやるのが魔力操作。もう出来るようになったはずだから、練習頑張ってね」

「はい！」

アリシアさんは、繋いだ手を離すと、よしよしとリリーの頭を撫でた。

「アリシアさん、ありがとうございました」

お父様が診療台から立ち上がって頭を下げる。

そして、じゃあ、行こうとお父様がドアの方へ向かう。

あれ？　お礼とか支払わないのかしら？

すると、ドアのところで見送ってくれながら、アリシアさんがお父様に手を振った。

「じゃあ、今度実験用に活《い》きのいいの何人か送ってね」

「了解」

そう言ってお父様が腕を上げる。

魔導師団の皆さんの中から実験台（生贄《いけにえ》）を捧《ささ》げるのがお礼ってことかな？

私は深く考えるのはやめることにした。

魔力詰まりが治ったリリーは、空いている時間を見つけてはダリアお姉様と一緒に魔力操作の特訓をしているらしい。それに加えて、魔力を使い切って眠るという、私発案の魔力増幅訓練も始められたらしく、一段落というところかしら。

◆

いい加減、延ばし延ばしになっている調合をしたい。この間もなんだかんだと中断になってしまったし、素材を得てからだいぶ経《た》っている。

今度こそ『癒《いや》しの銀』を調合しよう！

エプロンと軍手をはめてっと……。

【癒しの石】
分類：鉱物・材料　　品質：良質　　レア：B
詳細：装備品に加工することで、自然に体力回復の効果を発揮する。他の装備品に同じ効果がある場合は加算される。
気持ち：シルバーさんが優しそうだから一緒になりたいな。

じゃあ、シルバーのインゴットと癒しの石を入れてっと。

魔力を注いで、徐々に溶かして……。

【癒しの銀?】
分類：合金・材料　　品質：普通　　レア：B
詳細：装備品に加工することで、自然に体力回復の効果を発揮する。他の装備品に同じ効果がある場合は加算される。
気持ち：ん～まだ混ざっているだけって感じかなぁ。

まあ、そうね。じゃあもう少し魔力を注いで、均一に仕上げて……。

そう思っていたら、外からいつもの元気な声がした。

「デイジーおねえさま～！」

ケイトに扉を開けてもらって、ドアベルの音が響くと共に早足で歩いてくる子供の靴音が近づいてくる。

私の姿を認めると、急いでこちらにやってくる。リリーだ。

「いらっしゃい、リリー」

作業中なので両手がふさがっているため、笑顔と言葉だけで挨拶をする。

「熱いから、あんまり錬金釜のそばに寄っちゃダメよ」

私は撹拌棒《かくはん》で釜の中身を掻《か》き回《まわ》しながら、リリーに注意をする。

すると、リリーが、手に握りしめていたらしい淡い水色の石を、手のひらを開いてじっと眺める。

何を見ているのかしら？

【？？の石】
分類：鉱物・材料　　品質：良質　　レア：B
詳細：……
……

あ、ちょっとまだ見終わってない！

急に、リリーがその石を自分の耳に当てるから、鑑定が途中になってしまったのだ。

なのに、リリーがなんとその石を、作りかけの『癒しの銀』の入った錬金釜の中に、「ポイッ」と放り込んだのだ！

溶けた金属の粘性が高いからか、飛び跳ねは少なくて、釜から熱い金属が飛ぶことはなかったから良いものの、冷や汗をかいた。

と、安心していると、釜の中では、とぷんと溶けた熱い金属の中に、石がじわりと溶け込むように円を描いて拡《ひろ》がっていく。

あーあ。

「リリー！」

「リリー様！」

私が叫ぶと共に、後ろに控えていたケイトも慌ててリリーを叱る。リリーの体を捉え、自分の体に抱き抱えるように拘束した。

「デイジー様は、調合中だったんですよ？　その品の中に、勝手に屋敷の裏の森で拾った石を投げ込むなんてイタズラをしてはいけません！」

うわ。よりによって屋敷の裏に転がっていた石ころ。

品質落ちるかなあと思うと、自然と落胆に肩が落ちた。

ところがリリーは、ケイトに抱き抱えられながら、ぷう～っと頬《ほお》をふくらませて反論する。

「イタズラじゃないわ！　あのこは、あのなかにはいったら、きれいになるはずなの！」

うーん。理屈はいまいち理解出来ないけれど、リリーなりの理由があるらしい。

えっと、決めつけて諦めたりしないで、錬金釜の中の物を見てみようかしら。

【慈愛の銀？】
分類：合金・材料　　品質：良品　　レア：B（プラス1）
詳細：装備品に加工することで、自然に体力回復と魔力回復の効果を発揮する。他の装備品に同じ効果がある場合は加算される。
気持ち：ん～まだ混ざっているだけって感じかなぁ。

「あ～っ！　効果が増えているわ！」

「えっ？」

私の驚く声に、リリーを縛《いまし》めているケイトの力も緩んだ。すると、リリーはケイトの腕からするりと逃れて、私の隣にやってくる。

「ねっ！　やっぱりおにあい、だったでしょう？」

そう言うリリーは、私に肯定されたことが嬉《うれ》しいようで、にこにこしている。

「おねえさま、あのこはまだちゃんと、いっしょになれてないわ。もっとぐるぐるしてあげて」

「リリーにはわかるの？」

リリーは鑑定なんて持っていない。だから、なぜわかるのかに興味が湧いたのだ。

「うーんとね、なかにいるこたちが、ちゃんとおててつなげてないの」

「おてて？」

私はその表現が理解出来ずに首を捻る。

「うん、ちゃんとなかよくなったこたちは、ぎゅっておててつないで、きれいなかたちをつくるのよ」

……私の鑑定とは違って、効果を発揮するものの『在り方』が詳細に『見えて』いるってこと？　リリーの見え方を追体験することは叶《かな》わないものの、ぼんやりと彼女の力が理解出来たような気がした。

「わっかになりはじめたわ。でも、まだなかよくなれる」

じゃあまずは、リリーの言うとおり、魔力を注いでさらに混ぜていきましょうか。

釜の中を覗《のぞ》き込めるように、ケイトに抱き上げてもらったリリーが、『見た状態』を口にする。

私の鑑定さんも、『もっと仲良くなりたいな』と言っていて、その合致に思わずクスッと笑ってしまう。

さらに、溶けた金属を混ぜていく。

「あ、つながったてがふえたわ。でも、きっともっとキレイなかたちになれるはず」

……ふむ。じゃあもう少し魔力を注いで……。

「あ、みんながなかよく、てをつなぎだしたわ。いいかんじ！」

リリーの感覚、面白いわ。

今日はリリーのナビで合金を作りましょう。私は鑑定を使うのをやめていた。

「あ！　みんながキレイにてをつないだわ！」

彼女の言葉が正解とでも言うかのように、錬金釜の中の溶けた金属はキラキラと光を放っている。

【慈愛の銀】
分類：合金・材料　　品質：良品（プラス1）　レア：B（プラス1）
詳細：装備品に加工することで、自然に体力回復と魔力回復の効果を発揮する。他の装備品に同じ効果がある場合は加算される。
気持ち：綺麗にみんな繋がったよ！　見られちゃってたなんて、丸裸にされた気分でちょっと恥ずかしいね！

じゃあ、これと、ガーディニウムを持って行って、指輪作成を依頼しないとね！

……と忘れちゃいけない。リリーには注意ね。

そう思ってリリーの方へ向き直る。そして、彼女の目の前にしゃがんで目線の高さを合わせた。

「リリー、今日はリリーのおかげで良い物が出来たわ」

リリーはその言葉に、うん、と頷く。

「でもね、もし今日作っていた物が、決められた物を作ってくださいって注文だったらどうかしら？」

「……おきゃくさんが、がっかりします」

リリーの顔色がみるみるうちに曇っていく。少しはわかってきたかしら？

私はそんなリリーを落胆させすぎないように、頭を撫《な》でながら諭していく。

「あとね、錬金釜の中はとっても熱いの。物を投げ込んで、中身が私に跳ねたら、どうなるかしら？」

「デイジーおねえさまが、やけどしちゃいます……」

そこで、目元をうるっとさせる。

「そうね、だから、実験室で何かをしたくなったら、まず、私に相談してくれないかしら？」

「……はい」

しゅんっとしてしまったリリーに両腕を伸ばして抱き寄せる。

「錬金術は、火を使ったり、熱い物を扱ったり、危ないこともあるの。だから、今日みたいなことはしないって、約束してね」

リリーは、腕を回して私の背をぎゅっと握って、こくん、と頷《うなず》いた。

◆

その日はお店がお休みだったので、リリーの魔力操作の練習具合を見に、実家に帰ることにした。

というか、リリーが来てからは、実家に帰ることが増えたような気がする。

リリーの存在は、リリーを保護して養育するだけでなく、私達家族にとっては家族の絆《きずな》を再確認し、再結束するための、良い機会となったのかもしれない。

「ただいま帰りました」

そんなことを考えながら、実家の玄関口で挨拶すると、セバスチャンが迎えてくれた。

「これは、デイジー様。リリー様が喜ばれますな」

セバスチャンは、その姿が目に浮かぶといったように、目を細める。使用人の中ではかなり年配であるセバスチャンからしたら、私達三兄妹も孫のようなものだろうが、新たに加わった小さなリリーは、また可愛らしくてならないのだろう。何となく、その表情から、彼の気持ちが察せられた。

「これは、お土産ね。ミィナ特製の洋梨のパイだから、おやつの時にでも出してあげて」

そう言って、セバスチャンにパイの入ったカゴを渡す。

「リリー様は、ダリア様とご一緒に、居間で魔力操作のお勉強をなさっていますよ」

そう教えてもらって、私は居間へ向かう。

居間に行くと、季節柄、部屋の中へと移動されたテラス席で、秋バラを眺めながらお茶をしているお母様がいた。私はお母様に挨拶をした。

「こんにちは。お母様」

「あら、デイジー。アトリエの方は順調なの？」

「おかげ様で順調です。軍との取引も変わらず続けていただいていますから」

空いた席に腰かけるよう促しながら、アトリエの心配をしてくださる。

示された椅子に腰を下ろすと、そばに控えていたお母さま付きの侍女のエリーが、私にも紅茶を用意してくれる。

「ありがとう、エリー」

礼を言うと、エリーはにこりと笑って一礼をしてくれる。

「ところで、リリーの様子はどうですか？」

「相変わらず夜寝るのは誰かと一緒ね。前の家では、そもそもいつも侍女一人だけが一緒で、親との時間はなかったようなのよね。その反動なのかしら、今はちょっと無理にはしゃぎする感じはあるわ。褒めてもらいたくて、構ってもらいたくて仕方がないようなのよね」

「きっと、家族に構ってもらえるのが嬉《うれ》しくて仕方ないんでしょうね」

広い居間の中の反対端で、リリーはお姉様と特訓中だ。お姉様の言葉に真剣に頷きながら、一生懸命にやるその様子は微笑ましい。

でも、その様子を遠目に眺めながら、今までの彼女の置かれていた環境と、彼女の寂しさを想像してしまう。

「あとはそうねえ……」

「おねしょ、ですかね……」

ふう、とため息をついたお母様。そこにエリーが話に入ってきた。

「大体、四歳くらいで遅いお子様でも終わるものですから……。リリー様の場合は、それが少しばかり遅いかと……」

「怖い夢を見たと言って、してしまうのよ」

叱れないでしょう？　と、お母様が私に同意を求めるように首を傾《かし》げる。

まあ、怖い夢の内容は……想像つくわよね。きっと置いていかれた時のことを、夢の中で追体験しているんだろう。

……どうしたらいいのかなあ。

そう思って、カップの紅茶を飲むと、お母様から相談を受けたのだ。

「リリーに、自信を持たせることは出来ないかしら？」

ん？　と思った。だって、あの子はかなりの才能があるはずよ？

お母様にそれを告げた。

「でもね、あの子は実の両親に自分の存在意義を否定されてしまったのよ。その傷はきっと深いわ。だから、彼女にその思い込みを覆すきっかけを与えてあげたいの」

……なるほど。

「お母様は、リリーが、家族に愛されるだけでなく、公に『素晴らしい存在である』ということを実感出来る体験を与えてあげたいと……」

私が、カチャリ、とカップをソーサーに置きながら視線をお母様に向けると、お母様は深く頷く。

リリーがそれで自信を持つことが出来たら、もう少し落ち着くのではないかと、お母様は思っているのらしい。

そういえば、国に納品している基本の三種類のポーション。リリーはあと、ハイポーションさえ作れたら、『彼女が全て作りました』と納品時にご報告出来るはずよね。

お父様が帰ってきてから、お父様の執務室のソファでお母様を交えて再びその相談をすることにした。そして私は先ほど思い付いたことを二人に相談してみた。

「なるほどね。納品物の中でも最も貴重なハイポーションを作れるようになったら、納品時に一緒に連れていって『製作者』としてのご挨拶をさせていただくと」

私からの提案にお父様が頷く。

「陛下も、ご署名くださる時にあの子のことはお心を痛めてらっしゃったから、ご安心いただくにもちょうどいいかもしれないね。ああ、騎士団長がいたら、安心する反面悔しがるだろうな」

お父様が、いたずらを思い付いたかのように楽しそうに笑う。

騎士団長からしたら、弟の愚策のおかげで家の恥を晒《さら》すわ、金の卵（？）を他家に譲ってしまうわ、踏んだり蹴ったりだろう。

ハイポーション。それは一般品でも、一瓶あたり大銀貨一枚、十万リーレもする。親がきちんと導いて育てれば、それを作ることが出来る逸材だったかもしれないのに、自ら手放したことになる。

「私はリリーが心から健やかになって、おねしょが治ればいいな。うん、ちょっと調整してみよう」

お父様もリリーのおねしょ被害者。答えは早かった。もちろん父親として心配だからなのよ？

そして、私は、リリーにハイポーションの作り方を教えることになった。

◆

ところ変わって、ここは神々の住まう天上の神殿。

実は、プレスラリア家の長男と長女には、男女二柱の魔法神が、それぞれ加護を与えていた。

それは、成長後に転職を受けるという、成人年齢まで短いというハンディキャップを、加護によって和らげてあげようという神の御心《みこころ》からであった。

そして聖女ダリアに加護を与えている女性の魔法神は、天上から聖女の様子をいつものように見守りに来てみると、彼女が幼い少女の魔力操作の訓練の教師をしており、少女の方が駄々《だだ》を捏《こ》ね出したところだった。

「ダリアおねえさま！　まりょくそうさ、できたから、まほうもれんしゅうしたいです！」

ダリアは迷っていた。リリーの血筋は剣を持って仕える家系だった。そうすると、魔法行使にあたって、適する属性があるのかがわからなかったのだ。

魔法神は、そのやりとりを見ていて、今年の秋の洗礼式で、親から放逐されたという可哀想《かわいそう》な子がいたことを思い出す。

確か、最終的には聖女と賢者の家で保護したと、神々の間でも話題になっていたわね。

魔法神は、そういえば、今年はそんなトラブルもあったなと思い出した。

そして再び地上の様子を見る。

「だってだって！　わたしいがいは、かぞくみんな、まほうがつかえます。わたしだけ、なかまはずれはいやです！」

一生懸命に幼いながらに訴えたあと、「ふえぇ〜ん！」と泣き出してしまった。

あまり手のかからないデイジーしか妹がいなかったダリアは、オロオロするばかりだ。

「……困ったわ」

そう言って、母か侍女に助けを求めるべく、手を繋《つな》いで屋敷の方へ二人は消えていった。

それを見て、魔法神は悩んでいた。哀れな幼子が願うままに、加護やスキルを与えてもいいものだろうか……、と。

「何を悩んでいるんだい？」

そこへ、件の少女の庇護《ひご》者である技能神が声をかけてきた。灰色の臀部《でんぶ》まで伸ばした真《ま》っ直《す》ぐな髪と、知性を感じる灰色の瞳を持つ男神だ。

「ああ、技能神ですか。例のあなたの庇護している娘のことですよ。家族と同じように魔法を使えるようになりたい、と泣き出してしまってね」

ん？　と彼女の言葉に技能神は首を捻る。

「……いや、あの子には魔法の才はあるから、心配無用なのだけれどね」

「……え？　あの子は騎士の家系の生まれでしょう？」

その反応に、神の間で人間の愚行を話題にすべきかと、技能神は一瞬返す言葉を悩む。だが、あの子のためになるなら良いか。そう回答を出して、技能神は魔法神にその理由を告げた。

「あの子は元父親の子じゃないからな。人間の俗語的にいえば、『托卵《たくらん》』というやつだ」

「はあぁぁぁ？」

女神であるにもかかわらず、顎が外れそうなくらい大きな口を開いて、女神が呆れている。彼女を横目に技能神はさらに説明を続けた。

「夜会という夜の大人の社交場で、母親が夫以外の男性と『社交』した挙句に出来た子だよ。あの子は何も知らないし、何も罪はない。愚かな大人の事情だ」

女神は開いた口が塞がらない。

「じゃ、じゃあ本当の父親は……」

「一夜のアバンチュールで、子の存在など知っている訳もないだろう。けれど、彼はなかなか良い血筋でね。かつて、この国で錬金術が栄えていた時代に名を馳《は》せていた、賢者でありながら錬金術にも興味を持った……おっと、名前は伏せよう。まあ、その血を体の片隅に繋いでいるんだよ」

とするとあの幼子が元々持っていたという特別な五感は、錬金術に興味を持っていたという先祖からの遺伝によるものということかしら？

そう考えて、魔法神は顎に手を添えて唸《うな》る。それにしても、名前を伏せる意味がない。そんな人物はこの世界にただ二人、しかも双子の姉妹しかいなかったのだから。

錬金術と魔法に優れ、知と発想力に長《た》けた錬金術師の姉と、賢者でありながら姉に倣って錬金術も学んだ妹。錬金術の黄金時代を二人で仲良く築き上げていたわね。

そんな過去を思い出していたが、魔法神は会話の途中だったことに気づいて、頭を切り替える。

「元の両親は浮気による子ではないかと薄々感じとっていたらしくてね。実家でも、冷遇されていた、可哀想な子だよ。ただ、放逐は彼女には辛い経験だっただろうけれど、結果ふさわしい家に引き取られて、愛情をいっぱいに受けて、笑顔を見せる最近の様子にほっとしているんだ」

そう言って技能神は、普段の冷たそうに見える顔つきからはおよそ想像出来ないほど、優しい表情を浮かべる。庇護する子を見守りながら目を細め、唇に笑みを浮かべたからだ。

「ちょっと、あの子の魔法適性を見てみようかしら……」

気を取り直して、女神は屋内にいるリリーを見る。

「火、水、風、土、……え？　四属性全部？　いや、時魔法に重力魔法に空間魔法？　……え、これじゃあ賢者……」

「先祖返りかもね。そこで君に相談だ。あの子は、職業の恩恵が魔法には与えられていないんだ。錬金術師だからね」

「で、あの子には甘いあなたとしては、魔法神からの恩恵を与えて欲しいと」

「ご名答。まあ実際、あれだけの潜在能力があるとバレた場合には、元の家の人間が実力行使で奪いかねないからね。早めに身を守るすべを身につけさせたいんだよ」

さもありなん。

女神はそう思った。

「職業神の恩恵は、その職業への成長率に対しての補正よね。じゃあ、『魔法習熟力向上』。こんなところでいいかしら？」

横目で技能神を見ると、満足そうに頷《うなず》いている。

「……スキル、付与、と」

ありがとう、という技能神に、彼女は気になっていたことを問う。

「ところで、なぜ、私に頼んだのかしら？」

魔法神は男女の二柱存在する。賢者を庇護する男神に頼んでも良かったはずだ。

「だって、見守っている子に他の男神の加護なんてつけたくないじゃないか。彼女は私が見守っているんだ。彼女を守る男神は私一人で十分だろう？」

何言っているんだ、当然だろうという態度で答える技能神。

精霊王といい、うちの男神達と来たら……！

父性愛なのか独占欲なのか。ほどほどにして欲しい。

女神の怒りを置いておいて、これでリリーの願いも叶《かな》うようになるのだった。

◆

次の安息日に、また実家で過ごそうと思って帰省した。

「お帰りなさいませ、デイジー様」

玄関に着くと、相変わらずセバスチャンが出迎えの挨拶をしてくれる。

と、今日は魔法の訓練場の方から、大きな音がしていた。

……お姉様かしら？

そんな疑問を抱いていると、セバスチャンが答えてくれた。

「リリー様が、素晴らしい魔法の才能をお持ちであることが判明しまして、レームス様、ダリア様揃《そろ》って直々に特訓中でございます」

……えっと、どういうことなのかしら？

ちなみにお兄様は、賢者の神託を受けたあとスキップ試験を受け、ようやく貴族学院の卒業を認められたそうだ。

既に筆記、実技共に学院で学ぶレベルの実力を身につけている者に、そうでない者と同じ教育を受けさせるのは時間の無駄である。そういう観点から、スキップ制度が設けられている。我が国は意外に合理的である。

お兄様は、今は宮廷魔導師の特別訓練生として、必要な訓練を受ける身である。最近寮住まいをやめて、実家から通っているらしい。

そしてお姉様も、お兄様と同じように、来年の入学試験でその実力を示して、学院をスキップしようと考えているらしい。

学院というのは、許嫁《いいなずけ》がいない子女からしたら、婚姻相手を探す大切な社交場としての意味も持つのだが、お兄様とお姉様は、既に我が国の若き賢者と聖女として有名人だ。はっきり言って学院になど通ったら、飢えた猛獣達の中に魅力的な餌を放り込むようなものである。

実際、お父様は、お兄様とお姉様への婚約申し込みの手紙の対処に四苦八苦しているのだ。

え、私？　うん、優秀な錬金術師として、かつ、賢者と聖女の妹という立場から、それなりに婚約の申し込みは来ているわよ？

……と、お兄様とお姉様の事情は置いといて、リリーの様子を見に行こうかしら。

私は、セバスチャンに荷物を預けると、そのまま真っ直ぐ訓練場へ向かった。

遠目に、練習場に三人がいるのが見える。

そして、そこにカラスがやってきた。

「今だ、リリー！」

「はいっ、おにいさま！　じゅうりょくかじゅう《グラビティ》！」

すると、カラスは重さに耐えきれずに地面に落ちた。

「凄《すご》いなリリー。変な人に捕まりそうになったら、これで動けなくなっている間に逃げるんだよ」

「はいっ！　おにいさま！」

元気よくお返事するリリーを、いとおしそうに頭を撫《な》でるお兄様。

……えーっと。今の魔法はなんだっけ。普通の魔導師では使えないはずの魔法だったと思うけど。

「こんにちは、お兄様、お姉様、リリー」

ひとまず、気を取り直して挨拶をする。

すると、「お帰り！」とそれぞれが笑顔を返してくれた。

「じゃあ、一旦休憩にして、みんなでお茶を頂こうか」

「それがいいわね！」

「はいっ！」

という訳で、居間に移動して、さらにお母様を加えてのお茶会をすることになった。

「魔力操作を覚えたら、今度は魔法を使えないと嫌だっていうものだから、家にある魔力計の水晶で調べてみたのよ。そしたらね……」

当初、錬金術に役立つようにと魔力操作を教えて欲しいとお願いしておいたはずのお姉様が、興奮気味に経緯を語り出す。

「火、水、土、風の全四属性に加えて、時魔法に重力魔法に空間魔法に適性があったんだ！　私とほとんど一緒だよ！　まるで賢者だ！」

興奮して、自分のことのように自慢するお兄様。

私の横では、リリーが自分のことを自慢げに語るお兄様とお姉様を嬉《うれ》しそうににこにこして見ている。

「なんというか……返せと言われそうだけれど……」

そう私が呟《つぶや》くと、横にいたリリーに服の袖をぎゅっと握られ、イヤイヤされてしまった。

「わたしは、デイジーおねえさまとおなじように、れんきんじゅつ、できます。まほうも、おにいさまとダリアおねえさまみたいにつかえます」

そうして、イヤイヤするようにリリーは首を振った。

「きっと、あかちゃんのときに、わるいひとにとりかえっこされたんです！　わたしはまえのいえのこじゃ、ありません！」

……えーと、そんな物語のような話、誰が教えたのかしら？

「まあ、実際、リリーの教育は前の家では出来ないでしょう。才能にすら気づいていなかったんだから。大丈夫よ、リリー、あなたはうちの可愛《かわい》い末娘なんだから」

私の反対隣にリリーの横に座るお母様が、リリーを優しく抱きしめると、私の服の袖を掴む力が緩んだ。

「そこでだ。返せと言っても、返す筋合いはない。念書もあるしね。ただし、実力行使に出られた時に困るから、身を守るための魔法を優先的に教えているんだ。ああ、転移魔法も教えておいた方がいいな……いざとなったら転移して自宅に逃げてくればいいんだから」

「お兄様！　それがいいですわ！」

お兄様の案にはお姉様が共感の意を示していた。

「以前三人がお世話になったユリア先生にも、また家庭教師をお願い出来ないか尋ねたら、ぜひにと仰《おつしや》ってくださって。先生のご都合がつくまでの間、レームスとダリアから教えるようお願いしたのよ」

お母様が抱きしめたリリーの髪を指で梳《す》きながら語る。

「うん、それはいいことね」

私もお母様のお考えに同意して頷く。

まあ、かなり驚いたけれど、身を守るすべが元々そなわっていた。それは喜ぶべきことだろう。

物事は良い方へ進んでいるようで、私は安心してアトリエに帰ったのだった。

◆

今日はリリーにハイポーションを作らせるという約束をしている。

そこで、調合に使う器材の準備でもしようと思っていたら、ズシン！　と背中が重くなった。

「おねえさま〜！　てんいまほう、できました〜！」

犯人は、覚えたての魔法を使いたくてならない、リリーだった。

……きっと今頃、馬車の中でケイトが慌てていることだろう。可哀想に。

規格外な子の側仕えをするケイトにちょっと同情した。

あ、誰か、二人目じゃない？　とか言っている？

……誰のことかしらね？

「ケイトと一緒だったんじゃないの?」

私はしゃがんで、私におぶさるリリーを下ろして、向かい合わせに立たせてから、彼女に尋ねる。

「うん、でも、はやくおねえさまにあいたかったの!」

やっぱり。

「でもね、もしリリーが手にビーカーを持っている時に、他の人に同じことをされたら、どうなるかしら?」

リリーは、ゆっくり考えてから口を開いた。

「びっくりして、ビーカーをおとして、わってしまうかもしれません」

リリーはこくんと頷く。

「そうね、よくわかったわね。だから、転移魔法で人に乗っかったらダメよ」

「はい!」

「それと、ケイトに心配かけてはダメよ。転移魔法を使う時は、使うってことと行き先を、ちゃんと彼女に言いなさいね。ケイトが困っちゃうでしょう?」

「はい」

と言い聞かせていると、うちの馬車が店の前にやってきた。

「リリー様!」

勢いよく馬車の扉を開けてケイトが飛び出してくる。そして、リリーの姿を認めると、へなへなと腰を抜かしてしまった。

「心配しました、リリー様ぁ」

そんなケイトに、リリーは素直に謝り、さっき言いつけたことを、ケイトに約束していた。

言いつけはきちんとわかったようだし、じゃあ、今日の約束を果たしましょうか。

「リリー。畑に素材を取りに行きましょうか。使う素材はちゃんと覚えてきたかしら？」

「えーっとね、やくそうと、まりょくそう。そして、おみずのかわりに、えいようざいをつかうの！」

私は、ふふっと笑って、リリーの頭を撫でる。

「よく出来ました」

そうやって会話をしながら二人で歩いていると、裏の畑に到着した。

「デイジー！　リリー！　いらっしゃい！」

妖精さん達が挨拶をしてくれる。

「リリーはきょうね、はいぽーしょんをつくるのよ！」

えへんとばかりに、妖精さんに自慢している。

「じゃあ、こっちだよ！　リリー、おいで！」

妖精さん達はリリーが大好きだ。リリーはまだ幼く純粋で、彼ら妖精さんの存在も素直に無邪気に受け入れる。そんな子が妖精さんは大好きなのだ。

リリーは、目的の素材のところまで妖精さんに手を引っ張っていかれた。

「おねえさま～！　そざい、これでいいですか～？」

妖精さんと一緒にちぎった素材達を掲げて、私に見せる。

「うん、大丈夫！」

私の言葉を聞いたリリーは、一緒に素材を摘んだ妖精さんにバイバイをしてから、私の元に戻ってきた。

「じゃあ、実験室に行きましょう」

私達は手を繋《つな》いで、実験室に向かった。

素材はいつものとおり私が下処理をする。量は、私とリリーで二回やるから、二倍ね。

「じゃあ、一度お手本を見せるから、よく見ていてね。そうだ、味見用のスプーンとお皿はいる？」

リリーに聞くと、彼女は首を横に振った。

「みてかくにんするから、いりません。そのかわり、みたものをわすれないように、かくものがほしいです」

なるほど。それなら、味見より安全ね。しかも、リリーに見えたものが私にも見える。ちょっと面白そうだと思って、余っているノートと筆記用具をリリーに与えた。

「わぁい！　わたしの、じっけんノートだわ！」

リリーは、幼い日の私がそうしたように、ノートを掲げて大喜びをした。

「じゃあ、始めるわね。ちゃんと見ていてね」

そう言って、作成手順を見せる。

そしてこの実験で一番注意が必要なところ、魔力を注いで反応を促進する箇所については、丁寧に説明をする。

ふと見ると、なぜかリリーのノートには『あまりこくない、きんいろ。そうすると、はっぱからこれがでてくる』と文字が書かれていた。そして、たくさんの丸が棒で繋がった絵が描かれていた。

これが、手を繋いでいる、ってことなのかしら？　私が見たことのないような絵がそこには描かれていた。不思議な絵ね。

そうしているうちに、私の分は出来上がった。

次はリリーの番。出来るかしら？

あ、そうだ。魔力操作に失敗して爆発させたら危ないわよね……。

もしかして、お兄様が物理障壁《フイジカルプロテクト》の魔法、教えていたりしないかしら？

「ねえ、リリー。お兄様から物理障壁《フイジカルプロテクト》っていう魔法習っていない？」

「ならったわ！」

さすがお兄様！

私は、ビーカーに栄養剤と素材の下処理をした物を入れて、リリーの前に置いた加熱器の上に載せる。

「リリー、この実験器具の周りに、物理障壁《フイジカルプロテクト》を張れないかしら？」

そうすれば、もし魔力過多で爆発したとしても、障壁に阻まれてガラスはリリーを傷つけられないはずだ。傷はポーションですぐ治せるけれど、痛い思いをさせたくはない。それに、以前使った石化毒の袋のように、危険な物を扱う時に、非常に助かるわ。

「ぶつりしょうへき《フイジカルプロテクト》」

リリーが唱えると、ビーカー類の周りをぐるりと覆うように、透明な壁が出来た。勿論天井付きだ。

「素晴らしいです、リリー様！　これならもし失敗されてもお怪我《けが》はされないでしょうし、片付けの範囲も限定されます！」

後ろで見守っていたケイトが両手を組んで感動している。

「デイジー様の時は実験室中にガラスが飛び散って……」

「……ケイト？」

私の黒歴史を語り出すケイトを、チラリと横目に見て制止する。

全く、リリーを褒めるついでに、余計なことまで言わないでよね！（ぷんすか！）

と。少し話が逸《そ》れたわね。

物理障壁も展開出来たことだし、リリーにハイポーションの調合を始めるよう促す。リリーは、加熱器のスイッチを入れて加熱し始めた。

ビーカーの周りに気泡が出来て、小さな気泡が付き始める。

【ハイポーション？】
分類：薬品　　品質：低品質　　レア：B
詳細：有効成分はほとんど抽出されていない。
気持ち：全然だね。

「なにもでてないわ」
もう少し経つと、気泡が大きくなってきた。

【ハイポーション】
分類：薬品　品質：低品質（プラス2）　レア：B
詳細：有効成分は薄い。
気持ち：まだまだだね。

さらに経《た》つと、時々ポコポコし始めた。

【ハイポーション】
分類：薬品　品質：普通（マイナス1）　レア：B
詳細：葉の有効成分の抽出が不十分。
気持ち：足りない物、わかる？

そして沸騰前に魔道具の出力を下げてっと……。
「まりょくそうのせいぶんは、でているのよ」

【ハイポーション】
分類：薬品　品質：普通（マイナス1）　レア：B
詳細：葉の有効成分の抽出はまだ可能。
気持ち：あれ、わかるんだ？　じゃあどうする？

「だから、まりょくで、やくそうのせいぶんがでるように……！」
そう言って、リリーが魔力を流し込むと……。
リリーの手のひらから、かなり強い金色の魔力が流れ込み、物理障壁の中でビーカーの中の物質が爆発した。
「きゃあ！」

【産業廃棄物】
分類：ごみ　品質：役立たず　レア：なんとも言えない
詳細：捨てるしかない。
気持ち：残念賞！

「うわあ！　ゴミになったわ！　うーん、いろいろとごちゃごちゃね」

ガッカリするのかと思ったら、それはそれで、初めて見る物に興奮するリリー。

「じゃあ、私がガラスを片付けましょう」

ケイトが申し出てくれたので、お言葉に甘えて掃除はお願いし、私はやり直すための素材を畑に取りにいく。

そして、下処理をもう一度やって、ビーカーに栄養剤と素材のみじん切りを入れる。

……と、再開前に、リリーの反省会ね。

「リリー」

「はい」

しゃがみ込んで、椅子に座るリリーと目の高さを合わせる。

「まず、片付けてくれたケイトにお礼を言ったかしら？」

「あっ！」

リリーが口元に手のひらを当てて慌てる。ストンと椅子から下りると、ケイトのそばに行って、ペコンと頭を下げる。

「ケイト、わたしのしっぱいの、あとかたづけをしてくれて、ありがとう」

「はい、リリーお嬢様」

ケイトが嬉《うれ》しそうに笑った。

ケイトはリリー付きの使用人だから、本来礼などいらないのかもしれないけれど、彼らも心を持った人間。だったら、ちゃんと感謝の心を持つことは大切だと思う。

「じゃあ、次は反省会ね。どうしてさっきは爆発しちゃったと思う?」

そう問いかけると、リリーは自分でノートに書いたメモに目を落とす。

「まりょくが、おおすぎました。すこしキラキラするくらいでよかったのに、きんちょうして、ちからいっぱい、でちゃったの」

「そうなのね。じゃあ、リリーは、少しずつ魔力を注ぐことは出来るかしら?」

私に問いかけられると、リリーは、じっと自分の手のひらを見つめる。

「きをつけて、やってみます」

私は、リリーの頭を撫《な》でる。

「じゃあ、やり直しましょう。物理障壁はまた張りなおしてね」

「はい！　ぶつりしょうへき《フィジカルプロテクト》」

失敗した問題のところから……。

「すこぉしずつ、やさーしく」

【ハイポーション】
分類：薬品　　品質：普通　　レア：B
詳細：葉の有効成分の抽出はまだ可能。
気持ち：お、わかってきた感じ?

「うん、やくそうから、せいぶんがでてきたわ」

【ハイポーション】
分類：薬品　品質：普通（プラス1）　レア：B
詳細：葉の有効成分の抽出はまだ可能。だが一般的な物より品質はいい。
気持ち：そうそう、無理せず焦らないでね。

「ゆっくり、ゆっくりよ……」
リリーは、今度はゆっくりでもいいから少しずつ進めるつもりらしい。

【ハイポーション】
分類：薬品　品質：良品　レア：B
詳細：葉の有効成分の抽出はまだ可能。それでもそんじょそこらの物よりいい。
気持ち：あとちょっと！　頑張れ！

「まだ、やくそうのなかに、かくれているこがいるわ！　でてらっしゃい！」

【ハイポーション】

分類：薬品　　品質：高級品　　レア：B
詳細：普通品質の物より2・0倍の回復量を誇る逸品。上品な甘味《あまみ》があって飲みやすい。
気持ち：よく出来ました！

「やったあ！　おねえさまといっしょのが、できたわ！」

「よく出来たわ、リリー！　合格よ！　じゃあ、瓶に詰めるところまで最後までやりましょうね」

「はい！」

リリーは頷《うなず》いて、布で薬を漉《こ》しながら瓶に詰めていく。まあ、相変わらずこぼしてしまうのはご愛嬌《あいきょう》ね。

よし、これでリリー作の三種類のポーションが完成したわ。前に作った物は、きちんと別に分けて保管してある。

あとは計画を実行するばかりね！

リリー製の三つのポーションが出来上がって、私がほっと安堵《あんど》する傍らで、リリーがなにやら神妙な顔つきでじっとポーションの入った瓶を見つめていた。

「ねえ、おねえさま」

「どうしたの？　リリー」

どうしたのだろうと思い、私はリリーに問いかけた。

「おねえさまは、ごほんにものっていないことを、たくさんしっているんですね」

確かにそうなのかもしれない。

リリーが読んでいるという、錬金術入門には、詳細な手順や条件が書かれていなかったものもある。記載場所が離れていて、答えを出すのに困ったこともある。そうして、私は色々試行錯誤をしたものだ。

ビーカーを割ったりしてケイトにも苦労をかけた。

「本には細かい手順まで書いていないこともあるのよ。だから、色々と苦労したのよ。私が最初に作ったポーションはとっても苦くて、レームスお兄様が顔をこんな風にしていたわ」

私は当時が懐かしくなって、初めて私が作った苦いポーションを舐めた時のお兄さまのしかめっ面をしてみせた。

それが面白かったのか、リリーがキャッキャと楽しそうに笑う。

リリーを笑わせていると、後ろからケイトの忍び笑いが聞こえた。私はケイトと目を合わせる。そして、実家での二人の懐かしい時間を思い出して、くすりと微笑《ほほえ》み合った。まるで、ひそやかな内緒事を共有するかのように。

「そうそう。良い材料を手に入れるために畑を作ったりもしたの。ケイトと一緒に畑に与える栄養剤を作ったりもしたのよ」

そう答えると、みるみるうちに、リリーの頬《ほお》が興奮したように赤くなった。

「おねえさま、すごい！　わたしのおねえさまは、すごい、れんきんじゅつしさまなのね！　わたしは、おねえさまに、もっと、いろいろなことをおそわりたいです！」

私を見上げて、尊敬でキラキラと輝く瞳を向けてくる。

私は、こそばゆいやら、恥ずかしいやら。でも、リリーの純粋な思いは嬉しかった。

「そうね。これからも一緒に勉強していきましょうね」

私はそう告げて、リリーの頭を撫でるのだった。

◆

そうしてやってきた国へのポーション納品日。

家族会議で決めたとおり、リリーが製作したポーションを持って、お父様と私、リリーの三人で馬車に乗って城へ向かっていた。

「れいぎさほう、ちゃんとごあいさつできるかしら……」

リリーは、元々はただの一騎士の娘だったから、国王陛下に会ったこともない。むしろ、城に行くのは初めてだそうで、とても不安がっている。

そんなリリーの手を、キュッと握ってあげる。

「何かわからないことがあったら、ひとまず、私の真似《まね》をすれば大丈夫よ」

そう、隣り合って座るリリーに教えると、少し落ち着いたように、にっこり笑って頷いた。

そして、城に着いて、いつもの納品の部屋ではなく、陛下もいらっしゃるので、やや奥まった部屋に案内された。

部屋では、鑑定士のハインリヒ、軍務卿、騎士団長、魔法師団長、お父様、私、リリーがいる。

そして国王陛下がいらっしゃるのを待つ。

軍務卿はリリーのことは知らないようだ。

「ヘンリー、お前のところはデイジー嬢が末娘ではなかったか？　その幼い子は誰だ？」

リリーのことを問われ、騎士団長が苦い顔をする。そんな彼はお父様と目配せをする。そして、騎士団長が頷いた。どうやら、騎士団長が説明は自らしようと腹を括《くく》ったらしい。

「私の愚弟、騎士を拝命しておりますガメルが、今年の秋の洗礼式で、娘が錬金術師の職を受けたことに憤り、その場に娘……リリーを置いて帰ろうとしたところを、ちょうど運良くその場に居合わせたデイジー嬢に保護していただきました」

軍務卿は「ふむ」と頷き、「続けよ」と促す。

「は。私とプレスラリア子爵で、リリーの今後の身の振り方を相談しましたところ、リリーは、父ガメルを思い出す顔立ちの私の元へ養女にくるのはいやだと……。そのため、プレスラリア子爵の末娘として養女にしていただいたのです」

そこで、私は軽くリリーの背を叩いて、ご挨拶をするように促した。

「プレスラリアししゃくけ、さんじょ、リリー・フォン・プレスラリアともうします」

と、やや足を震わせながらカーテシーをした。

その年相応にたどたどしいカーテシーに、軍務卿の顔がほぐれる。

「上手に出来たね、リリー。今のお家は、君を大切にしてくれるかい？」

「はい！　デイジーおねえさまには、れんきんじゅつを、おにいさまとダリアおねえさまは、まほうもおしえてくださいます。とってもたのしいです！」

「魔法？」

騎士団長が首を捻った時、ちょうど国王陛下と宰相閣下、侍従長が部屋にやってきた。

「待たせたね。今日は、デイジー嬢とマーカス君以外に納品物の製作者が増えたから、挨拶にとのことだったね」

「はい」

と、陛下の言葉に返事をしてお父様が頭を下げる。リリーも再びたどたどしいカーテシーをした。

陛下がその様子に笑みを浮かべる。

「では、ハインリヒ、鑑定を」

「はっ」

軍務卿の言葉に、ハインリヒが鑑定を始める。

そこへ、部屋の外の廊下が騒がしくなり、入口を守る兵士と誰かが揉《も》める声がした。

「扉を押さえておけ、で、ハインリヒ、結果は！」

「はっ、性能はいつもの通常品の二倍、製作者はリリー嬢です！」

と、部屋の中のみながその結果に驚いたその時、バアン！　と外からの馬鹿力に負けて、扉が開いた。

そこにいたのは、騎士団長の弟、ガメルだった。

「製作者が、リリー……だと？」

彼の姿を認めると、リリーは私のドレスの陰にサッと身を隠す。

「ガメル！　陛下の御前だ！　何を許しもなく入室している！」

騎士団長は度重なる弟の愚行に顔を真っ赤にして怒鳴り付ける。

「そなたが、騎士団長の弟で、洗礼式で子を捨てたという者か。念書に署名したから名は覚えているぞ。確か、ガメル・フォン・ヴォイルシュだったか」

陛下は冷たい目でちらりとガメルを一瞥《いちべつ》する。そして、軍務卿に問いかけた。

「軍務卿、これらの品は週一回の納品で、一回幾らだったかな」

「一般品でも三十四万リーレ。ただしデイジー嬢が自ら育てた素材で作った物は特級品ですから、その品質ですと百七十万リーレにございます」

軍務卿は頭を下げて陛下に回答する。丁寧に、一般品と私の納品額まで比較して答えていた。

本当のことを言えば、リリーは下処理も出来ないし、ハイポーションのもとになる栄養剤も作れない。一人で作れるかと言われると「ノー」である。けれど、最終的に仕上げたのはリリーなので、製作者はリリーとなるのだ。

そこを突いた作戦だった。

ガメルの顔が青ざめ、体がガタガタと震える。

「返せ……、娘を返せええ！」

そう言って、私とリリーに向かって駆け出そうとした、が。

「じゅうりょくかじゅう《グラビティ》！」

リリーが私のドレスのスカートの隅から手を差し出し、ガメルに向かって魔法を放った。

その瞬間、ガメルの体が不意打ちに負けてガクッと崩れ落ちる。

「……な、重力魔法、だと」

「おにいさまに、へんなひとにつかまりそうになったら、つかいなさいって、おそわりました。あなたはわたしを、つかまえようと、したでしょう？」

重力に押し潰されながら驚愕《きょうがく》に言葉が震えるガメルに対して、リリーが当然といった様子で告げる。

そのリリーの言葉に、陛下がぷっと笑いを漏らす。

「……変な人、か」

笑いが止まらない陛下に、宰相閣下が咳払《せきばら》いをして陛下を諌《いさ》めようとする。

「それにしても、ごほんもおよみじゃないのかしら？　『かえせって？　そんなのいまさらもうおそい』っていう、ゆうめいなセリフも、ごぞんじないのですか？」

陛下を含めた何人かが、そのリリーの言葉にブーッと噴き出す。

「リ、リリー嬢。その言葉はどこで習ったのかな？」

陛下が笑いで目尻に涙を浮かべながら尋ねる。

「じじょのもっていた、かしほんです。さいきん、はやりなのだそうです」

……侍女！　最近リリーが変なことを言い出したのは、きっとケイトのせいね！

貸本について説明しましょうか。本は高価な物であることから一般の人には買うのが難しい。そこに目をつけて、買うよりも安く本を貸すことで、本を手に出来なかった民にも手に入れやすくした商売である。扱う本は大衆小説などの、俗な本が多いのが特徴だ。

「陛下、私共兄弟は、退室させていただいてもよろしいでしょうか。今から、徹底的に体でわかるように弟を教育し直したく……」

崩れ落ちているガメルの首根っこを掴《つか》んで、騎士団長が陛下に許可を求める。その顔は、恥をかかせられ続けたことに対する弟への怒りで真っ赤。しかも眉や唇がヒクヒクと痙攣《けいれん》している。こめかみに青筋まで浮かんでしまっている。

「ああ、よいよい。徹底的に語り合ってくるがいい」

「そのままじゃ、おもたいわ。かいじょ《リリース》」

陛下が許可を出すと、リリーがかけた重力を解除する。

そして、ガメルはズルズルと兄に引きずられて退室した。

ちなみに後日聞いた話だが、ガメルは騎士団長にボロボロになるまでしごかれてはポーションをかけて回復させられ、再度ボロボロになるまで……という制裁を延々と繰り返されたらしい。なんだかいっそ単純に騎士剥奪《はくだつ》とかの方が楽だったんじゃないかと、思わず同情しそうになった。

「ふう。なかなか面白かったな。それにあんな俗な本のセリフでも、幼子が言うと嫌味《いやみ》にもならないものなのだね。いや、可愛らしい」

「陛下！」

宰相閣下が陛下を窘める。

「ああ真面目な話に戻ろう、宰相よ。今回の話はまず教会へ連絡して、子を捨てることがいかに愚かであるかを伝える内容にして、礼拝時の説話とするよう伝えよ。それから、作家と絵本作家にも、この話を書かせ、世に教訓として広めよ」

「なるほど。下手に法律で縛るよりも、効果があるかもしれませんな！」

国としても、職業を理由とした捨て子には頭を悩ませていたところだ。名は伏せるにしても、実際にあった話として広まれば、子を捨てようと早まる者も減るだろうとのお考えらしい。

「そして、リリー嬢、僅かな間に、プレスラリア家の娘としてよく勉強したね。とても立派なことだよ。錬金術師としても頑張ったね。君が今日作ってくれた薬は、国を守る人たちを癒《いや》してくれるだろう。君はこの国の金の卵だ。期待の星だよ。これからも親の教えに従い、お兄さんやお姉さん達と仲良く、励みなさい」

そう言って、陛下はリリーの頭を撫《な》でられた。

「……はい！」

国王陛下にお褒めの言葉を頂いて、そして『プレスラリア家の娘』と明言していただいて、リリーの頬は紅潮していた。

そして、陛下は次に私の前にいらっしゃって立ち止まる。

「デイジー。家を放逐された子を哀れに思い、迷わず保護したその優しい心。それは、そなたが持つ美徳のうちの一つなのだと思う」

今日は、リリーを褒めていただこうとだけ思って計画したものだったので、私に話題が降ってきて驚いた。慌てて、「滅相もございません」と陛下に礼をする。

「皆の者、よく聞くが良い」

陛下が、何かの宣言でもされるかのようによく通る声で発言される。

部屋にいた人々がみんな、陛下のお言葉に注目する。

しぃん、と一瞬、部屋が静まり返った。

その静寂を破るように、陛下が朗々と語り始める。

「私はこの国の錬金術の技術が遅れていることを憂いている。そんな時に現れたのが、デイジー、そなただ。そなた自身も素晴らしい技術を持っており、その類稀《たぐいまれ》なる発想力と情熱で、素晴らしい業績をなしとげた。そして、まだ若いゆえ、さらなる飛躍も可能だろう」

「さらに」と一区切りおいて、陛下は再び言葉を続けた。

「自らの向上だけにとどまらず、マーカスやリリー嬢といった、新たな優れた錬金術師を見出《みいだ》し、育ててもいる。彼女はまだ齢《よわい》十歳。他の職ですら、彼女ほどの才能を持つ者がいただろうか？」

あまりにお褒めの言葉が続くので、私は頭を上げるタイミングを失ってしまう。

そんな私の動揺をよそに、陛下のお言葉はまだ続く。

「以前、そなたは入手困難と言われていた、強力解毒ポーションを作った。おかげで、我が王家は世継ぎの命を救ってもらった。そなたは、我が国の後継者の命を救ったのだ」

いつの間に呼ばれたのだろう。私がようやく顔を上げて周囲を見ると、第一王子殿下も部屋にいらして、お褒めの言葉を頂く私に笑顔を向けていらっしゃる。

「そなたから贈られた特別な祝福を持つ装飾品のおかげで、妃も長年の悩みから解放され懐妊中だ。我が国の世継ぎと共に、将来国を支える王子も、程なくして誕生するであろう」

第一王子殿下と一緒にいらしたのだろうか？　王妃殿下も笑顔で私を見守っていらっしゃった。そのお腹《なか》はふっくらと膨らんでいて、幸福そうに、慈しむかのようにお腹を時折撫でている。

「そなたの作る高品質なポーションなどのおかげで、魔獣の討伐に出た兵士達が負傷したまま帰ってきたり、死亡したりする数も激減した。魔導師団も、効率よく任務をこなせると喜んでいる。そうだ！　三年ほど前に王都へ魔獣が襲い掛かった時にも、そなたは我が身を顧みずにポーションを配って回ってくれたな。崇高な行為だ」

陛下のお言葉に耳を傾けながら、軍務卿が目を細めて頷《うなず》いていらっしゃる。

「ああ、言い出したらキリがない。毒性のある白粉《おしろい》が輸入されてきた時も、早期に気づいて、その代わり、いや、それを上回るものを作ってくれた。あの件は、そなたに国民が救われたと言ってもいいだろう。そうだ、あの時に一緒に開発したという薬剤は、庶民にも手に届くものとして普及した。柔らかいパンも王家の食卓から王都の庶民までを喜ばせているな。そなたの優しい思いから生まれる品は、身分問わずにみなを笑顔にする」

陛下の瞳は優しく細められて、私をあたたかな眼差《まなざ》しで見つめていた。

「この国に、幸福と安寧をもたらしてくれるのは、デイジー、錬金術師のそなたなのだ」

国王陛下がお褒めの言葉を終えて、コホンと一つ咳《せき》払いをする。

「いずれ彼女のなしてきたことは、錬金術師の地位そのものも上げるだろう。だが彼女はまだ幼い。だからこそ今ここで、その能力と功績を公にして、それに見合う地位を与えよう。そして、その地位をもって、さらにこの国で、自由に、誰に遠慮することなく、活躍して欲しいのだ」

宰相閣下はその意図を汲み取り、頷かれている。

「余、ザルテンブルグ国王、エルフリート・フォン・ザルテンブルグは、デイジー・フォン・プレスラリアを、準男爵に叙する」

……え？

一瞬頭が真っ白になる。

お父様も含め、周りは驚きと祝福の声に湧き上がる。

私は、驚きがすぎて、そのお言葉に返す対応をするのが一瞬遅れてしまった。

気を取り直して、胸に手を当て、立位で陛下のお言葉に答えた。

「我が力は、陛下のため、国のため、そして、ザルテンブルグの民のために！」

咄嗟《とっさ》に思い出した宣誓の言葉。

緊張で宣誓の声が震えそう。

私自身が、しかも女の身で、叙爵されるなんて！

「ああ、デイジー。緊張する必要はないし、そなたの生き方を変える必要もない。その心の赴くままに自由に生きよ。そのための叙爵だ。いつかそれが国でもっと大きな実を結ぶことを期待しているよ」

緊張でまだ表情が動かせないでいる私に、優しい笑みをくださる国王陛下。彼は、宰相閣下のいる方へ振り返る。

「宰相、正式な手続きについては、そなたに任せる」

「はっ」

宰相閣下が、陛下に頭を垂れた。

こうして、私は、領地を持たない準男爵位を与えられた。

国から年金を頂ける以外に、今までの生活がなんら変わることはない。住まいもアトリエ経営も何も変えなくて良いとおっしゃってくださった。非常に自由な身だ。

領地を与えないのは、まだ与えても煩わしいだけだろうというご配慮だそうで、錬金術の発展のために土地が必要になったら、迷わず相談するようにとのお言葉まで頂けたのだ。

ちなみに、準男爵とは、男爵に次ぐ貴族の爵位。男爵以上とは違い、一代限りのものだ。けれど、いかに貴族の子女だといっても、ただの貴族の子供。本人が爵位を持っているということとは、比較にならないものなのだ。

その日は、アトリエのみなを呼び、アナさんやリィンにドラグさん、マルクにレティアといったお世話になった人達も実家に招き、自宅で内輪だけれど賑《にぎ》やかにお祝いをしてもらった。

幼い頃から私に尽くしてくれたケイトは涙を流して喜んでくれた。

お兄様もお姉様も、兄妹の中で一番に出世した私に大興奮。我がことのように喜んでくれている。

そして、お父様とお母様は、あの洗礼式の日を思い出して、感慨深げだ。

「錬金術師に決まってしまって、大泣きしていた、あのデイジーがね」

「わたしのおねえさまは、やっぱりすごいわ！　わたしも、おねえさまみたいな、れんきんじゅつしになりたい！」

リリーは、私に自分の将来の憧れを見ているようだ。

そうそう、リリーはその後一人で夜も眠れるようになり、おねしょの回数も減り、やがてすることもなくなった。

年相応の子供っぽさは見せるが、おかしなはしゃぎ方も減ってくるのだった。

そして、爵位を受けた私はというと、後日正式な発表もあったようで、知っている人や、知らない人からも、実家やアトリエに祝いの品がたくさん贈られてきた。

その対応に、お礼状だのなんだのと、実家もアトリエも大わらわになるのだった。

第七章　ドレイク討伐への道のり

「いらっしゃいませ！」

ドアベルが、錬金工房へお客さんが来たことを告げたので、ちょうど店番をしていた私は、笑顔で声をかけた。

「デイジーちゃん、こんにちは！」

笑顔で来店したのは、常連さんの男女三人組の冒険者パーティーだ。いつもは王都の隣にある迷宮都市のダンジョンに行くそうで、だいたい開店してすぐという早い時間帯にやってきてくれる。

こんな午後に来ることは珍しい。

「あれ？　みなさん、珍しい時間にいらっしゃいますね」

不思議に思って私が尋ねると、剣士の男性がカウンター越しに身を乗り出してきた。

「デイジーちゃんの効果二倍特製ポーションのおかげで命拾いしたから、今日はそのお礼と報告に来たんだよ！」

なんでも、彼らは今まで攻略することの出来なかった階層にいるボスを倒しに行ったのだという。そこで、回復も間に合わず、危ない！　と思った時に私のポーションを使って、ギリギリ命拾いをし、しかも、そこのボスを倒すことが出来たのだという。

男性は、興奮気味にそのお土産話を語ってくれた。

私は、私の作ったもので人の命を助けられたのかと思うと、とても嬉《うれ》しくなってしまった。

「腕のいい錬金術師がいて頼もしいよ！　また今度来るな！」

しばらく歓談したあと、そう言って店をあとにする彼らを見送った。

そのあとも、次々とお客さんが訪れた。

「デイジーちゃん！　マナポーションはあるかしら？　あれがあると、余裕をもって魔法が使えるのよ！」

「はい！　ありますよ」

私のマナポーションがお気に入りだという女性冒険者がやってきて、マナポーションを買い求めていった。

そうやって来店するお客さん達を接客してしばらくすると、やがて客足もまばらになり、ようやく落ち着くことが出来た。

常連さんも増えて、みんなに応援してもらっている。そして、気軽に私のポーションを使った結果を伝えにも来てくれる。アトリエをオープンして、本当に良かったなあとしみじみと思った。

とはいっても、感慨にふけってばかりじゃいられない。何かしようかしらと思って、背後を振り向いてみる。

うーん。

ちょうどマーカスが使用中で実験室も空いていないし、何をしようかしら？

そんなことを思ってアトリエの表に出ると、リィンとマルク、レティアとアナさんが揃《そろ》ってやってきた。

「よっ、デイジー、今話せる？　出来たらアリエルも空いていると嬉しいんだけど」

パン工房の方で接客しているアリエルの様子を窺《うかが》いながら、リィンが声をかけてくる。

「あ、ちょうどパン工房の方はお客さんが途切れたところなので、私ひとりで大丈夫ですよ！」

ミィナが気を利かせてくれる。だったらとお言葉に甘えて、来客に加えてアリエルも一緒に二階のリビングで話をすることになった。

みんながテーブルを囲んで椅子に腰を下ろす。ミィナが客足の引いたタイミングで温かい紅茶を淹れてくれた。テーブルの足元には小さな姿のレオンとリーフが伏せをしている。

「で、話ってなあに？」

温かい紅茶で一息ついてから、私は本題について尋ねた。

「……ドレイク攻略したかったんじゃなかったっけ？」

「うん！　したい！」

リィンの言葉に、私はテーブルに両手をついて勢いよく立ち上がると、テーブルの上のティーカップの中の液面が小さく揺れた。

「……落ち着け。ちゃんとそれを叶《かな》えるための相談をしに来たんだから」

どうどう、とリィンに肩をポンポンされてなだめられて、私は再び椅子に腰を下ろす。

「全くお前達と来たら！　引き返してきたからいいものの、何の準備もなくドレイクのいるところに挑んでくるなんて」

ご意見番として呼ばれたアナさんが呆《あき》れて深いため息をつく。彼女は私のお師匠様で、温かく私を導いてくれる。

「……ごめんなさい」

うん、こればっかりは謝るしかないよね。私は素直に頭を下げた。

すると、「わかったなら良し」と言って、アナさんが軽く身を乗り出して、説明を始めた。

「まず、全員属性というものについてちゃんと理解しているか判《わか》らないから、そこから説明するよ」

そう言って、まず属性の相剋《そうこく》関係を説明し始める。

内容はこうだ。『火と水』、『風と土』、『光と闇』、『聖と邪』のように、エレメントというものは、互いに強みを持ち弱みを持つという関係性がある。

なので『火』の攻撃力を誇り、『水（氷）』に弱いという性質を持つドレイクを討伐したいのであれば、『火』の耐性を強化し、『水（氷）』の追加ダメージを与えられるように準備する必要がある。

「最終的に欲しいのは『火鼠のマント』と、『万年氷鉱』を溶かし込んだ金属を使って作る武器だよ」

アナさんが、そばにある本棚から、『魔獣図鑑』と『鉱物図鑑』を持ってきて、『火鼠』という魔獣と『万年氷鉱』という鉱石のページを開いた。

「じゃあ、『火鼠』を倒して、『万年氷鉱』を取ってくればいいのね！」

私が、あっけらかんとそう言うと、みるみるうちに、アナさんの顔が怒気を帯びる。

「最終的にと言っただろう！」

コツン、と図鑑の背表紙でアナさんに小突かれた。

……酷《ひど》い。くすん。

「「「……デイジー……」」」

なんかみんなもちょっと呆《あき》れた顔で見ている。酷い。くすんくすん。

……と、話を本題に戻さなきゃ。

「……じゃあ、どうするの？」

私は小突かれた頭を押さえながらアナさんに尋ねた。

「まずは、あんた達の実力なら無難に入手出来るはずの『黒溶鉱』を入手して、15％の火属性の追加効果のある武器を揃える。そして次に、その武器を持って『樹氷鉱』を取りに行き、15％の氷属性の追加効果のある武器を作る。……さらに」

「え？　まだぁ？」

「……デイジー……。本来攻略っていうのはこうやって手間がかかるもんなんだぞ？」

説明の長さに文句の声を上げた私がまた小突かれないように、マルクが先手を取って私の頭をぽふぽふしている。うん、だってまた本を持つアナさんの手が震えているもの。

「……全く。でだ、さらに、氷属性の武器を持って、『フレイムリザードの鱗《うろこ》』『フレイムウルフの毛皮』『フレイムワイバーンの皮』『溶岩鉱』を取ってくる。これで、マルクの鎧《よろい》、全員の服と従魔達のスカーフ、リィンとレティアの皮鎧と、デイジーとアリエルと従魔達の胸当てを作るんだ。これで10％の火耐性が付く。武器も火属性30％付与にする」

今度は、アナさんの説明に茶茶を入れるのはやめておいた。黙って頷く。

「で、次に『万年氷鉱』を入手して、30％の氷属性の武器に持ち替えて、火鼠を倒しに行く」


まあ、長いので纏《まと》めるとこういうことになる。
①『黒溶鉱』入手→武器作成（武器に15％の追加ダメージ（火））
②『樹氷鉱』入手→武器作成（武器に15％の追加ダメージ（氷））
③以下を入手、防具と武器を作成する。
『フレイムリザードの鱗』→鎧作成（火ダメージ10％減）マルク☆
『フレイムウルフの毛皮』→毛を糸つむぎで混ぜ込んだ布地（服、スカーフ）を作る（火ダメージ10％減）全員分と従魔分☆
『フレイムワイバーンの皮』→皮鎧と胸当てを作る（火ダメージ10％減）レティア、リィン、デイジー、アリエル、従魔☆
『溶岩鉱』→武器作成（武器に30％の追加ダメージ（火））
④③の武器を持ち『万年氷鉱』を採取→武器作成（武器に30％の追加ダメージ（氷））☆
⑤『火鼠の皮』を入手→全員分の火鼠のマントを作る（火ダメージ30％減）☆
⑥☆を装備してドレイク討伐

う～ん。道のりは長いわね。マルク達が空いている時に、少しずつ進めるしかないわね。

でも、所詮火鼠さんなのに、どうしてそこまでしなきゃいけないのかしら？　水魔法でお水かけたら火が消えちゃうくらいなんじゃないの？　そう思わない？

◆

そうして、やっとマルクとレティアの仕事が一段落着いた。

だから、以前話し合ったドレイク対策を進めるべく、まずは『黒溶鉱』を採取しに、王都から南西にある休火山地帯に行くことになった。

この休火山では、かつての噴火で出来た、火属性を持った鉱石である『黒溶鉱』が採れる。といっても、そこに生息するモンスター達は特に属性持ちということもないので、今の装備で採取に行ける。だから、ドレイク対策を始めるのにちょうど良いという訳。

そうそう、慈愛のインゴットは『慈愛の指輪』として全員に配った。

賢者の塔のノーライフキングからの戦利品、神々の加護の指輪は、土台をガーディニウムに変えた強化版としてリィンが加工し直して、アリエルに装備してもらった。

そして、出発前に実家に寄って守護の指輪をリリーに渡し、出かけることを伝えてきた。納品以降落ち着いたリリーは、以前のように駄々《だだ》を捏ねるでもなく、帰ってきたらお勉強の成果を披露するから、実家に寄って欲しいと甘えられただけだった。

今回も、私、リィン、アリエル、マルク、レティアの五人で、それぞれ馬や聖獣達に乗って、街道を使って南西を目指していた。

今日は晴天。日差しも強めで、秋に入ったというのにまだ少し汗ばむ陽気だった。

私は新しい装備品のアゾットロッドを陽の光にかざす。すると、その光を受けてキラキラ光ってとても綺麗だった。三種類のポーションが入ったそれは、くるりと回すと、まるでグラデーションのように色が入れ替わり、見ていて飽きることがない。

「早く実戦で使ってみたいわ！」

そう呟いて、キラキラと輝くロッドの容器部分を、うっとりと眺めていたら、マルクに窘《たしな》められた。

「……おい、物騒なことを言うんじゃない」

マルクが眉間に皺《しわ》を寄せている。

「だって、新しい物は使ってみたいじゃない」

ぷう、と私は口を尖《とが》らせる。

「あのなあ、それを使う前提って、誰かが怪我《けが》をするってことだろうが」

はぁ、とため息をつきながらマルクが答える。

「あ、それもそうね」

じゃあ、しばらくお預けね。きっとこの過剰戦力パーティーだと、街道沿いに出てくる魔獣くらいじゃ怪我をしそうにないわ……。

そして、街道が森の中を突き抜ける場所を通り掛かった時、カサカサと葉っぱが擦れる音がした。現れたのはたくさんの大きな蜘蛛達《くも》。全体が紫色で、胴体だけでも私の体と同じくらいある。そんな蜘蛛達に周りを囲まれていた。

「レティア、こんな魔物今まで街道沿いにいたか？」

マルクが困惑したように尋ねる。

「いや、初めて見るな……どこかから移住してきたのか？　だとしたら、街道沿いはそのうち厄介ごとになりそうだ」

レティアの顔つきが、排除する、という険しいものに変わる。

【ジャイアントスパイダー】
分類：魔獣　品質：普通　レア：C
詳細：体内に持つ粘液で細い糸を吐き出し獲物を捕える。その粘液を紡いだ糸は良質の布になる。
気持ち：……絡め取って捕まえる……。人間、敵……。

ここに出現するのは珍しい魔物だと聞いて、鑑定で見てみた。

すると、布素材になるという鑑定結果に思わず私が叫ぶ。

「これ、内臓の粘液袋が、良い布素材になるみたいよ！」

「「おお！」」

「頭を狙うぞ！」

俄然《がぜん》みんながやる気を出し、マルクから指示が出る。

「氷の嵐《アイスストーム》！」

私が、足止めを狙って魔法を唱えると、蜘蛛も糸を吐き出してきて、その糸が凍ってパラパラ散って、足止めは出来なかった。

マルクが氷地獄の槍斧《やりおの》を振るって蜘蛛の頭蓋を狙うと、付加効果で吐き出す糸は凍り、そのまま刃は蜘蛛の頭蓋に命中した。

「やっ！」

ティリオンが木々の間を縫って飛び、不意打ちにアリエルが光の矢を放つ。それは蜘蛛の糸を避《よ》けて飛び、蜘蛛の腹を深々と突き刺す。

「はっ！」

レティアはカタナで蜘蛛を一刺しするが、吐き出された糸が剣に付着してしまい、それを振り払おうとしながら、邪魔そうに舌打ちをする。

そこに、アリエルが火魔法をかける。

「火よ、燃えよ《ファイアーバーン》」

剣を包み込むように魔法の火が生まれ、付着した粘性の糸を焼き切る。

「助かった」

レティアは嬉しそうに笑う。

「アタシは、どこまで潰していいかわからないから、やめとくよ」

リィンはそう言ってレオンと共に休憩中。お目当ての内臓を潰したら意味ないしね。

……私はもう一度！

「氷の楔《アイスエッジ》」

蜘蛛は、一直線に粘液を放ってくるから、楔に回転をかけて、軌道に曲線を描かせる。そして、蜘蛛の頭を串刺しにした。

やがて、残りの蜘蛛も全て倒しきり、レティアがマジックバッグへ死骸を放り込んでいく。

「これをフレイムウルフの体毛を混ぜながら糸つむぎしてもらうと、良い布になりそうな気がするのよね！」

再び馬や聖獣達を進ませながら、私達は話す。

「そういえば、糸つむぎと機織りに長《た》けた子が、職人街にいたなあ」

リィンが良い知り合いがいるという。

うーん、糸つむぎと機織りの上手な職人さんかあ。どんな人なんだろう！

また新しい出会いがありそうでワクワクしちゃう！

そうしてようやく休火山の裾野の荒地にやってきた。黒っぽい石がゴロゴロ転がっている。このうちの一部が、『火の耐性』を持つ『黒溶鉱』なのだそうだ。

それを選ぶ前に……。

やはり魔獣の群れがやってきた。

さあ、お掃除しましょう！

行く手を阻むのは、黒狼《ブラックウルフ》。通常の狼の二倍ほどの体躯《たいく》を誇る魔獣だ。それが群れで六匹いる。

既に警戒態勢で唸《うな》り声《ごえ》を上げて牙を剥《む》いている。

「ここら一帯、掃除だ。安全に採取出来るまで。いいな！」

「「「ＯＫ！」」」

「氷の嵐《アイスストーム》」

私が足止めに、群れの足元に魔法をかける。

すると、久々に群れの全てを足止めすることが出来た！

「よし！　デイジー、腕あがったな！」

マルクが褒めてくれて嬉《うれ》しさに、ちょっぴり頬《ほお》が熱くなる。

……じゃあ、続けて頑張るわよ！

ふふん、とやる気になって改めて気を引きしめる。

私が氷の楔《アイスエッジ》を二本生み出し、相手の眉間を貫く。

アリエルがティリオンを操り、上空から光の矢を放つ。

足止めされている黒狼達は、眉間を貫かれ、泡を吹いて倒れていく。

マルクが斧頭《ふとう》側を凶器にして、ぶんっと大きく振り回す。

黒狼はクビをへし折られ、その傷跡を氷結させられながら、どうっと倒れていく。

レティアが駆け、一匹、二匹と的確に黒狼の頸動脈《けいどうみゃく》をカタナで切り裂く。

……よし、黒狼はいなくなった……。

って、あれ？

そこに、私達の行く手を遮るかのように、一際大きな黒狼（？）が姿を現した。

体躯は今までの者達のふた周りは大きく、目は赤くて血のよう。

その狼が口を開くと、ごうっと火を吐く。そして、その炎が離れて待機していたリィンを襲う。

「ちぃっ！」

思わぬ伏兵に舌打ちをしながら跳んで後退したが、膝から下に重度の火傷《やけど》を負ってしまうリィン。

「アゾットロッド・ハイポーション！」

私がロッドの中から必要量のハイポーションを取り出して、水魔法で球体にした物を、足を押さえて蹲《うずくま》っているリィンの火傷に向かって撃つ。

バシャッ！

その水球は火傷を負ったリィンの足に命中した。火傷で爛《ただ》れた足は、あっという間に健康な外側から新しい皮膚が覆うように被《かぶ》さっていき、リィンの足が元の色に戻る。

「デイジー、サンキュ！」

リィンがこっちを向いて、巨大なハンマーを振り回して感謝する。

「……にしても、ここは火属性の敵はいないはずだったんだが」

マルクが悔しそうに舌打ちする。この場所の下調べをしたのは彼だ。その事前調査に漏れがあり、仲間に怪我を負わせたのが悔しいのだろう。

「亜種が生まれることはままある。お前のせいじゃない」

そんな彼を慰めるのはレティア。最前線を担う彼らしく、『仲間を守ること』に関してはかなり真面目に考える彼の性格をよく知るゆえだろう。

「ねえマルク。あなただけは、氷の継続ダメージ付きの武器があるわ。それで、口元か首を狙えないかしら。そうすれば、吐こうとする火と、追加で生まれる氷で相殺出来そうな気がするの」

私がそう提案すると、マルクが気を取り直して大きく頷く。

「よっしゃ！　突っ込んでくっから、フォローよろしく！」

そう言って、ハルバードを構えて駆け出していく。

『相棒のために、俺も一つ漢ってもんを見せてやるか！』

漢気を見せるマルクの様子に、相棒として氷地獄の槍斧も殺《ヤ》ル気満々だ。

亜種の黒狼が炎を吐く度、私は氷の障壁をマルクの前に展開してダメージを和らげる。

アリエルは光の矢を物質化して放ち、黒狼の脚四本を地につなぎとめる。

私が生む氷壁と黒狼の生む炎との連撃戦で私が後れを取り、のがした炎が、マルクの顔を含めた露出した肌を焼く。甲冑《かっちゅう》部分で覆われた部分も、きっと熱いだろう。それでもお構いなしに、マルクは黒狼に向かって駆ける。

そして、マルクは黒狼の前まで辿り着いた。

「おりゃあああああ！」

ぶんっと大きく振るう斧頭《ふとう》で、黒狼の上顎と下顎の間に刃を叩きつけ、喉奥の炎を生む器官にまで刃をめり込ませる。すると、付加効果で生まれた氷が、通常より低温で焼いていく。

『よくも俺の相棒の顔を焼いてくれたなあ。俺の冷気を浴びやがれ！　この犬っころォ！』

本来なら、継続ダメージは通常攻撃の半分程度の性能のはずだった。

けれど、本来の性能以上の氷で黒狼の顎を責め続け、炎を生む器官を冷気で焼き潰していく。

魔剣であり意思を持つ氷地獄の槍斧には、相棒を傷つけられた怒りによる効果増幅でもあるのだろうか？

「……お前、最っ高だわ！」

『おうよ！』

マルクが満面の笑顔でハルバードを黒狼の首に向かって振り下ろす。

ミシリ、ミシリと音がして首周辺を凍らせながら首の骨をへし折っていく。そして、バキン！と音がして、黒狼の首が胴体にぶらりとぶら下がり、そして、倒れた。

「アゾットロッド・ハイポーション、ミスト！」

ハイポーションを霧状にしてマルクの周りを覆い、露出面上の火傷を癒すと共に、鎧《よろい》の隙間からハイポーションの粒子が中に入り込む。それが、マルクの鎧から伝わった熱で出来た火傷も治す。

「これで、終了かな」

みんなで辺りを見回すと、ひとまず近場に魔獣らしき気配はないようだ。

鑑定の目で黒い石を見て回る。一見同じに見えてそうじゃない。これが、私がわざわざ自分で採取に来る理由の一つなのだ。

……お転婆《てんば》したいだけじゃないよ！

「うーん。火山で出来た石だからかな。純粋な物はないのね。品質に響くかしら？」

困ったなあ、と思って、リィンに意見を求める。

「じゃあ、うちの妖精さんにお願いして、成分抽出してもらって採取しようか」

「それは嬉しいわ！」

私が喜んで答えると、リィンも笑って頷《うなず》いた。

「さ、みんな。出番だよ！　純粋な黒溶鉱だけを抽出しておくれ！」

地面からタケノコのように黄色い土の妖精さんがニョキニョキと生えてくる（ほんとに生えたんだって！）。

「鉱石抽出！」

リィンが指示すると、わー、わーと言いながら小人姿の妖精さんが転がる岩石達に力を注ぐ。

やがて、たくさんの小さな純粋な黒溶鉱が宙に浮き、リィンの手のひらに、たくさんの拳大の塊が落ちていく。その量は多く、手に載り切らずにゴロゴロと地面にまでこぼれ落ちた。

「アタシのハンマーにだいぶ量が必要だろうからね。これくらい持って帰ろうか」

リィンはそう言って、私がポシェットの口を開くと、その純粋な鉱石を入れてくれた。

◆

そうして計画どおり黒溶鉱の採取から王都に戻ってきて、まずは実家に寄った。

リリーとの約束があるからだ。

「ただいま帰りました」

玄関でセバスチャンに出迎えられながら、屋敷に入る。

「おねえさま！」

「「デイジー！　お帰りなさい」」

リリーとお母様、ダリアお姉様に迎えられる。

リリーが駆け寄ってきて抱き付くので、その柔らかい髪の毛の上から頭を撫《な》でる。

「お勉強の成果を見て欲しいから、寄って欲しいって話だったわよね？　ちゃぁんとお勉強は進んだのかしら？」

そう言って、リリーの顔を覗《のぞ》き込む。

すると、リリーがお母様とお姉様の方に目を向ける。そして、思った成果が出なかったのか、眉を下げてこちらに向き直った。

「うーんっとね、おかねのけいさんが、じょうずにできないの」

うーん、なるほど。確かに、子供には難しいかもしれない。まあ、基本的に十ごとに貨幣が変わると思っておけばいいんだけど……ぱっとは出来ないよね。

……そういえば、手伝いがあったとはいっても、一度リリーが製作した物を納品したわよね。リリーにちゃんとその料金を渡さないといけない。うん、ちょうどいいわ。

「じゃあ、こうしましょうか」

そう言って、抱き付くリリーの腕を解いて手を繋ぎ、一緒にお母様の元へ行く。

「お母様。先日、リリーは、国への納品の品を作ってくれました」

お母様は、ソファに腰を下ろしたまま、そうね、と頷く。

そのお母様に、金貨一枚を手渡す。

「これは、その製作に携わったリリーの分です」

すると、それを見たリリーが「きんか……いくら？」と必死に指で計算しながら首を傾げている。

うん、使えるのはまだ先みたいね。頑張って。

「お母様にお預けします。お父様にお渡しして、私の時のように管理をしていただけるようお願いしてください。そして、お金の計算が出来るようになった暁には、このお金のうちから、自分のお金でお買い物することを経験させてあげて欲しいんです」

「まあ、それは素敵なご褒美ね！」

お母様の向かいに腰を下ろすお姉様も賛成している。

お母様も、その提案ににっこりと微笑んで頷いてくださった。

「それは、ご褒美にもなって、実地でのお勉強にもなっていいわね」

「じぶんのおかねで、じぶんで、おかいもの！」

リリーも、瞳をキラキラさせながら胸の前で拳を握る。

「おねえさま、ありがとう！」

これで、勉強も捗《はかど》るだろう。無駄遣いはしないように言い聞かせてから、実家をあとにした。

そして、久々のアトリエに帰ってきた。

「みんな、ただいま！　お留守番ありがとう！」

それぞれの持ち場にいるマーカス、ミィナに声をかけて回る。

「お帰りなさい！　アトリエは変わりありませんよ！」

二人が元気な返事を返してくれる。こうして店を空けてもちゃんと営業を続けられる。頼もしい仲間よね。ありがたいわ！

ポシェットの中身の整理やら、居住エリアに移って身を清めて着替えやらをして、ベッドに大の字で横になる。

窓からはまだ明るい日が差していて休むには早い。それに、さっき見たところ、マーカスが納品分のポーション作りをしてくれているようだった。

……今日は帰ってきただけだから、魔力もいっぱいだしね。仕事しますか。

足の勢いで上半身を起こして、ベッドから起き上がった。

◆

次の行き先のためにも、早めに調合をしましょう！

実験室に置いてある、採取してきた黒溶鉱を取り出し、実験室の棚に買い置きしてしまってあるインゴットと突き合わせて確認する。

「銅は嫌、銀もダメ、ミスリルも嫌、アダマンタイトって言われても困るけど、これも嫌、オリハルコンも嫌。でも、鉄には微妙な回答……」

手持ちのインゴットだと、そんな状態だった。

【黒溶鉱】
分類：鉱物・材料　　品質：高品質　　レア：B
詳細：装備品に加工することで、15％の火属性の追加ダメージを与える。
気持ち：鉄……そうなんだけど、そうじゃないんだよなあ。

はっきり言って欲しいわ、私は！（ぷんすか！）

鉄なんだけど、ちょっと違う、ねえ。

あ、そもそも混ぜる相手が合金ってことかしら？

と思って、ちらりと見たけれど、鑑定さんの結果は変わらずで、素っ気ない。

我儘《わがまま》な黒溶鉱と鉄のインゴットを持って、アナさんに相談をしに行く。幸い彼女は在宅中で、すぐに相談に乗ってもらえた。

テーブルの上に黒溶鉱と鉄のインゴットを置いて、向かい合いに椅子に腰かける。

「鉄だけど、鉄じゃない、ねえ……」

腕を組んでしばし逡巡《しゅんじゅん》したアナさんが、口を開く。

「それは『鋼《はがね》』……、『ダマスカス鋼《こう》』とか『ウーツ鋼《こう》』のことを指しているんじゃないのかい？」

「……はがね？」

私は聞いたことのない名前に首を捻《ひね》った。

「鉄なんだけれどね、ほんのすこーし黒炭が混ざった鉄を『ウーツ鋼』というんだ。で、それを剣なんかに鍛えた物を、『ダマスカス鋼』っていう。魔力を注いで調合すれば錆《さ》びたりしないし、強度も鉄より優れた物になるんだよ。ちょっと待ってな」

そう言って、アナさんが台所に行き、黒炭を取ってくる。

「よし、三つ寄せてみようかね」

『黒溶鉱』と鉄のインゴットと、黒炭がテーブルに置かれた。

【黒溶鉱】
分類：鉱物・材料　　品質：高品質　　レア：B
詳細：装備品に加工することで、15％の火属性の追加ダメージを与える。
気持ち：それそれ！　うまーく量を調整出来れば、いい魔剣の材料になるぜ！

「あとちょっとなら教えてくれてもいいんじゃない？」

思わず口に出して、鑑定さんに文句を言ったら、逆にこうだ。

『自分の頭で考えたり、人に教えを乞うたり、そういうのが成長の元だろ？』

やっぱり最近の鑑定さんは、私に厳しいと思うんだけど。

今回の武器作成対象者は、マルク、レティア、そして問題はハンマーを使うリィン。

アリエルは火属性の矢が魔法で作れるし、私はアゾットロッドがあるから対象外。

ハンマーの量のせいで、素材を錬金釜いっぱいに作らなきゃいけないんだけれど、魔力が持つかしら？

しかも、工程が二つ。

まずは、鋼製の武器のもとになる『ウーツ鋼』を作る。『ウーツ鋼』がバランスのいい割合で作れたら、そこに黒溶鉱をまたバランスを見ながら混ぜていく。

たくさんの鉄がいるので、私は、アナさんのお店からの帰り道に買い物に行って、鉄のインゴットを大量に買って、アトリエに帰ることにした。

アトリエに帰宅して、ゴトゴトと幾つもの鉄のインゴットを錬金釜の横の床に置いていると、ポーション作りを終えたマーカスがやってきた。

「これ全部加工するんですか？」

大きく目を見開いて、驚いている。

「リィンって鍛冶師の子の武器が大きなハンマーだから、それなりに量を作らなきゃいけないのよね」

私がため息をつくと、「なるほど、大変ですね」とマーカスは同情してくれる。

まずは、陶器製の乳鉢に黒炭を少しずつ入れて、細かな粉末状の黒炭を作る。

「今度の作り方はちょっと変わっているのよ。マーカスも見ていく？」

声をかけてみると、嬉《うれ》しそうに頷いた。

「ぜひ！」

「まず、『鋼』と言われる武器のもとになる素材の、『ウーツ鋼』を作るの。鉄に黒炭を混ぜるんだけれど、ほんの少しずつ、様子を見て混ぜていく」

私は、鉄のインゴットの半分を錬金釜に入れ、攪拌《かくはん》棒を差し込んで魔力を流し込んで鉄を溶かす。

半分にしたのは、念《ねん》のため。もし途中で魔力切れして倒れたら大変だから、半分で作ってみることにしたのだ。

大量の鉄のインゴットはやがて、ドロリ、と粘性のある液体に変わった。

そして、スプーンの手に持つ柄の端っこに、少しだけ粉の黒炭を掬《すく》いとって錬金釜に混ぜる。

ねえ！　この慎重さ！　成長したと思わない？（エッヘン！）

「それにしても、なんだか今までより魔力の消費が少なくても十分溶かすことが出来ているわね」

良い手応えに、私は首を捻った。

そういえば、緑の精霊王さまから、私にも技能神の加護をくださったと聞いている。だからなのかしら？

あっと。今は調合中。惚《ほう》けてないで、作業に集中しましょう。

【ウーツ鋼？】
分類：合金・材料　　品質：低品質　　レア：B
詳細：鉄に黒炭を混ぜた物。武器にすると強度の高いダマスカス鋼になる。
気持ち：まだじゃない？

まあ、ほんのちょこっとしか入れていないもんね。

私は、少し混ぜては撹拌、を繰り返していく。

しばらく繰り返して……。

【ウーツ鋼】
分類：合金・材料　　品質：高品質　　レア：B
詳細：鉄に黒炭を混ぜた物。武器にすると強度の高いダマスカス鋼になる。
気持ち：うん、比率がちょうどいい感じ！　君、繊細な作業も出来たんだね！

褒められているのか、貶《けな》されているのかわからないわ。

「ああ、この辺りでいいみたいですね。品質もいい」

隣で見学するマーカスも頷《うなず》いている。

「じゃあ、今度は黒溶鉱を加えていくわね」

「はい！」

マーカスは、興味津々といった様子で作業を見学している。

私は少しずつ様子を見ながら拳大の黒溶鉱を錬金釜の中に落とし、溶かし混ぜ込んでいく。

【黒炎鋼？】
分類：合金・材料　　品質：低品質　　レア：A
詳細：ウーツ鋼に火属性を加えた物。武器にすると強度の高い火属性のダマスカス鋼の魔剣になる。
気持ち：まだ火属性を加えた方がいいね。

「まだ足りないようですね。品質が低い」

私と同じように鑑定の目で見たマーカスが呟《つぶや》く。

鑑定のガイドに従って、黒溶鉱を少しずつ加えていく。

【黒炎鋼】
分類：合金・材料　　品質：良品　　レア：A
詳細：ウーツ鋼に火属性を加えた物。武器にすると強度の高い火属性のダマスカス鋼の魔剣になる。

気持ち：まだ火属性を加えた方がいいね。あとちょっと上手に調整してね。

「小ぶりの黒溶鉱ないかしら。あとちょっとみたいなのよね」

「これなんかどうですか？」

黒溶鉱を入れた器から、マーカスが親指大ほどの小ぶりの塊を手のひらに載せて差し出す。

「うん、これで試すわ。ありがとう、マーカス！」

受け取った塊を釜の中に落とす。最後の一個が溶け込み、ドロドロの粘液状態の金属が光り輝き、禍々《まがまが》しいほど真っ黒な鋼が出来た。

【黒炎鋼】

分類：合金・材料　　品質：高級品　　レア：A

詳細：ウーツ鋼に火属性を加えた物。武器にすると強度の高い火属性のダマスカス鋼の魔剣になる。

気持ち：うん、ベスト！

……そういえば、作り方が繊細だけれど、思っていた程魔力は持っていかれなかったわ。

まだ半分あるし……、どうせなら、ねえ？

錬金釜を使った調合は、意外に魔力を食う場合があることに気がついたので、マーカスにも魔力操作で魔力を使い切って寝る、魔力増幅法をやってもらっている。だから彼もただいま魔力量増量中なのだ。今日ぐらいの魔力ならいけるだろう。

マーカスも、経験を積んだ方がいいもんね！

「マーカス、残りの半分作ってみる？」

聞いてみると、大喜びで大きく頷いた。

「ぜひ、やらせてください！」

そうして、半分は私が見守る中マーカスが製作し、無事にインゴット型に入れた大量の黒炎鋼が出来上がった。

そして、日を経てリィンの元から出来上がってきた武器はこの三品だ。

【黒炎王のハンマー】
分類：武器　　品質：高級品　　レア：A
詳細：強度の高い火属性のダマスカス鋼の魔剣《ハンマー》。基本ダメージに炎属性の追加ダメージ15％。
気持ち：黒い鋼の上に、ダマスカス鋼特有の模様が美しいだろう？

【黒炎王の槍斧《やりおの》】
分類：武器　　品質：高級品　　レア：A

詳細：強度の高い火属性のダマスカス鋼の魔剣《ハルバード》。基本ダメージに炎属性の追加ダメージ15%。
気持ち：いや、一番イケてるのは俺だろ！

【黒炎王のカタナ】
分類：武器　品質：高級品　レア：A
詳細：強度の高い火属性のダマスカス鋼の魔剣《カタナ》。基本ダメージに炎属性の追加ダメージ15%。
気持ち：いや、一番美しいのは私だろう？

美しさ勝負はいいから、ちゃんと働いてね？

数日後、三種類の武器を渡すために、リィン、マルク、レティアにアトリエに集まってもらって、リィンからそれぞれ『黒炎王シリーズ』の武器を手渡しした。

「これは随分と美しい魔剣だな」

受け取ったレティアが、鞘《さや》から刀身を抜き出し、その黒いカタナの表層にダマスカス鋼特有の模様を見て目を細める。特にレティアは、綺麗《きれい》な黒髪の持ち主だ。髪をなびかせて、黒い魔剣から炎を生み出しながら斬りつける様は、さぞや美しいに違いない。

リィンのは……。うん、とにかく存在感があって、禍々しいくらいに怖い巨大ハンマー。

マルクも、ハルバードという形状故か、禍々しさが先に来る。

武器の引き渡しが終わると、次の行き先についてマルクが説明する。

「今度の行先は、登山した先にある、氷の洞窟だ。寒さ対策はしてあるか？」

……そういえば前、成り行きで氷穴（アイスゴーレムの擬態）に入ったことはあったけど、何も準備をしていなかったっけ。

気になったから、この場にいないアリエルも呼んで、ことの次第を説明した。

「うん、ないね」

一言即断して頷くリィンに、私もアリエルも頷いた。

「まずはピック付きのブーツ。登山にもいいし、凍っているところでも有効だ。前はリーフ達の爪に頼ったけど、万が一落ちた場合は自分で立つ必要があるからね。あった方がいい」

マルクの言葉に、私とリィンとアリエルが頷く。

「あとは、もう秋だから、標高が高いと寒くなる。それと、この先もっと寒いところに行く予定もあるから、防寒用の外套《がいとう》も買っておいた方がいいかな」

先程と同じく三人が頷く。持っていないからだ。

もう、アトリエの周りの街路樹は秋色に色づき、早い物は葉も落ち始めている。乾いた冷たい風が、もう冬が近いんだと告げている。

まあ、私達の国は割合温暖な気候で、冬になっても平地では雪は降らない。山も、余程の標高にまで行かない限り雪山登山になることはないのだが、防寒対策は必要だろう。

マルクのアドバイスはもっともだと思っていたら、レティアに女子三人が手招きされる。寄っていくと、こっそり耳打ちで内緒話をされた。

「女の子は下半身を冷やしちゃいけない。毛糸のパンツも重要アイテムだ。出来れば腹巻兼用サイズだとなおいいぞ」

真顔で言われて、三人揃《そろ》ってポッカーンとした。

いや、至極まともなアドバイスなんだけど、クールビューティなレティアの口から、『毛糸のパンツ』に『腹巻』！

マルクはひとり仲間ハズレにされて、なんだなんだと言っているが、レティアに「女性だけの秘密だ」と一蹴されていた。

「アトリエの方が問題ないなら、このまま三人で買いに行く？」

そう、リィンに提案される。確かにちょうど三人揃っている今行く方が、また別の日に都合を合わせるよりいいよね。

「ちょっと待っていてね」

と一言断ってから、マーカスとミィナに次の旅用の買い物に出てもいいか尋ねてみると、二人とも快く送り出してくれた。

「じゃ、行こっか！」

私は自室に駆け込んでポシェットを肩にかけ、みんなのいる場所へ戻る。

レティアとマルクに別れを告げて、私達三人は街に出るのだった。

◆

石畳の歩道を、商店の集まる中央部に向かって歩いていく。

歩道を挟んだ馬車のための道は、北西出口側ということもあって、街を出ようとする者、街に入ろうとする者が、出口で検問を受けて、結構忙《せわ》しなく往来している。隣の迷宮都市に物資を運ぼうとする商人の荷馬車も多い。

すると、その通りの角、アナさんのお店の数軒先に、肉を焼くいい匂いを街中に漂わせている、串焼き屋があった。「そういえば、私こういうの食べたことないなあ」なんて思っていたら、つい口に出してしまった。

「屋台！　こういうの食べたことないわ！」

「おっ！　お嬢さん達、うちの串焼きはタレが特別でね。美味《おい》しいよ！」

お店のおじさんに見つかって、早速勧められてしまった。

「どれがいいのかよくわからないわ」

肉の焼ける香ばしさ、そして、タレの甘い香りに空腹感を刺激され、つい、買う方向に気持ちが動いてしまった。

「うちで扱っているのは、オーク肉とマッドチキン、あとは今日限定で暴れ牛の仔牛肉《こうし》があるよ。お値段は高めだけど、仔牛肉が一番のオススメかな！」

お値段記載のお品書きを見ると、確かに、仔牛の肉の串焼きは一本銅貨五枚で五百リーレ。オーク肉が一枚に、マッドチキンが三枚なのに比べると確かに高い。

うーん、うーん。買い食い。歩き食い。

……でも美味しそう！

「「「仔牛買うわ！」」」

結局三人共誘惑に負けて代金を払って、串焼きを購入した。

私は串焼きの頭からかぶりついて、最初のお肉を食べる。するとお肉の脂身にタレの甘さが絡んで、思わず「ん〜！」と声が出る。堪《たま》らず、二切れまで食べたところで、ふと考える。

「……ねえ、二切れ食べたけど、頭から食べたら喉に串が刺さっちゃうんだけど」

リィンに助けを求めると、大笑いされる。

「そっか〜！　デイジーは屋台の串焼き初めてか！」

「もう！　そんなに笑わないでよね！　アリエルだってわからないよ、ね……」

むくれながらアリエルを見ると、器用に横側から肉に噛《か》み付いて、串から肉を引き抜いていた。

「ん〜、私、結構里を抜け出していましたからぁ〜」

もぐもぐと咀嚼《そしゃく》しながら、仲間ではないと宣言されてしまった。私は不貞腐《ふてくさ》れたまま、アリエルの真似《まね》をして残りの肉を食べるのだった。私だけ食べ方を知らなかったのが、ちょっとむぅ、と不服に思ったが、初めての串焼肉は美味しかった。

「さすが串焼きデビュー娘！　口の端っこにタレついてるぞ！」

そう言って、リィンにぐいっとハンカチで口元を拭われた。貴族令嬢……いや、もう自分自身が貴族なのに恥ずかしくて、頬《ほお》が赤くなってしまう。

「仕方がないじゃない。初めてで上手に食べられなかっただけよ」

少し、ぷいっとしてしまう。

そしてゴミはゴミ捨て場に。時々商店の店主さんの厚意なのか、こういう買い食いのゴミを捨てるゴミ入れが置いてある。おかげで、道にゴミがポイ捨てされていることも滅多《めった》にない。

しばらく進むと、今度は冒険者用の装備や服を置いてある店が増えてくる。なぜなら、このまま真《ま》っ直《す》ぐ進めば冒険者ギルドがあるからだ。

「防寒着と登山用のブーツ、毛糸のパンツだよね……」

そう呟きながら、各店を軽く覗くようにしながら、その通りを歩いていく。

まあ、毛糸のパンツは一緒に売っていないだろうけれど。

そうして店先を覗《のぞ》きながら探すんだけれど、男性物ばっかりで女性物の品ぞろえが悪い。やはり冒険者となると、男性の方が比率は高いのだろうか？

あれ。ここ……。

そんな中、小柄な女性向けらしき物ばかり売っている店が一軒あった。

看板を見ると、『マリリンのアトリエ』『女性、小柄な方向け。可愛《かわい》く冒険したい人に！』と書いてある防具店だった。店の前に飾ってあるブーツも、色違いの編み上げリボンが着いた物が並んでいて可愛い。ちょっと気になった。

……と、その時、お店の入口に出てきた女性（かな？）と目が合った。化粧が濃い。背が高い。ガタイがいい。でもフリルたっぷりのブラウスを体のラインピッタリで着ていて、パンツは黒のピチピチレザーパンツ。

「お嬢さん達、イラッシャァーイ♡」

元は低めなんだろうと思わせる、裏返したような声。

そこは、『男だけど服装は女の人（？）』が店主の店だった。

「こ、こんにちは」

笑顔がひきつっちゃう。

し、失礼よ！　こういうのは個人の個性の問題なんだから！

でも、リィンもアリエルも明らかに引いてしまっている。

「ゴメンゴメン、あんまりアタシみたいなのに慣れてないのね」

急に普通の低めの男性の声で話しかけられた。

「……こちらこそ、こんな態度でごめんなさい」

三人でペコッと頭を下げると、店主さんは「いいんだよ」と言って朗らかに笑って、ポンポンポンと三つの頭を軽く撫《な》でてくれた。

「あとねえ、ただ単に綺麗な物や可愛い物が好きなだけで、私は至って普通の男だよ？　奥さんもいるからね？」

そう言って、バチンとウインクする。そして、店の奥からは、小柄で可愛らしい女性がヒラヒラと手を振って笑っている。奥さんだろうか？

「あっあの……！」

失礼な態度を取っちゃったけれど、ここの装備品は他と違うのだ。それに何より、店主さんは優しくていい人だ。

「ん？」

普通の声で返してくれる。だから、三人で顔を見合わせて、うん、と確認する。

「ここのお店の装備品、他所と違ってすっごく可愛いです。あの、必要な装備品があるんですけれど、相談に乗ってもらえませんか？」

私は、ぎゅっと拳を握って勇気を出してお願いする。

すると、彼は嬉《うれ》しそうに微笑む。

「ありがとう！　アタシは元冒険者なんだ。でさ、現役時代に奥さんを筆頭に、よく女の子の仲間に愚痴られたのよ。『そもそも女性物が少ないし、可愛い装備なんか全然ない』って。で、自分が作ろうと思ったってワケ！」

続いて彼は、店長で名をマリリンさんというのだと自己紹介をする。

「可愛いお客様達、どうぞ」

ニッコリと笑って、店内に私達を誘ってくれる。

「アタシは見てのとおり男なんだけど、女の子が可愛く装っているのを見るのが好きなのよ！　だから、既製品に手を入れた物、イチからデザインした当店オリジナルの物もある。あなた達みたいに可愛い子達にはぜひ着て欲しいわ！」

「あの、じゃあ、生地や素材持ち込みで、デザインを相談しながら制作してもらうっていうのも可能ですか？」

ん？　とマリリンさんが首を捻る。

そんな彼に、先々耐火性能を持つ特殊な布を作って、服を作ろうと思っているのだと説明した。私達の分を可愛く出来るんならその方がいいよね！

「あら！　オーダー！　それは嬉しいわ～！　その時にはぜひアタシに相談してちょうだい！　採寸はちゃんとアタシの奥さんがしてくれるから、安心してね！」

マリリンさんは嬉しそうに快諾してくれた。

「で、ひとまず今日必要な物は、寒いところで必要になる外套とか、山登りで役立つピック付きのブーツなんですけど……」

私が、本来の話題に戻して尋ねると、目的の品があるコーナーに案内された。

「あるわよ！　こっち！」

そこには、可愛らしいデザインだけれど、しっかりとピックの付いた登山ブーツと、防寒仕様のコート類が置かれていた。

「うわ、可愛い！」

三人で叫ぶ。

そしてその背後で「そうでしょう、そうでしょう」と満足気なマリリンさん。

だって、ブーツの組紐《くみひも》は好きな色のリボンで選べる。その上、組紐が編まれている部分の脇には、レースが付いていたり、いなかったりで、甘さを選択可能。

コートは、ローブに合うような長めサイズで、長袖の袖口がちょっと広くなっているところにレースがあしらわれていたりとか、ショートコートにしても腕のサイド部分にやっぱり編み込みでリボン飾りがあったりとか！　背中部分に大きなリボンって物もあるわ！

もう、女子が萌《も》えなくてどうするの〜！　って物ばっかりだったのだ！

「ああそうそう。あなた達みたいに肌が綺麗《きれい》な女の子なら、コートの内側の毛皮はシルクラビットの毛皮がオススメ！　ちょっと予算に余裕があるなら、軽いし肌触りはいいしでオススメよ！」

そう言って、防寒用に内側に貼ってある素材が違う物を「比較のために」と言って色々出してくれた。

ウルフの毛皮、羊の毛、うさぎの毛皮、狐《きつね》の毛皮と色々あるけれど、やっぱり比較すると、マリリンさんがおすすめしてくれるシルクラビットの毛皮が一番手触りが良い。

私達は、ブーツはお揃いで編上げリボンの色違いを。コートは、私はローブに合わせてロング丈を、リィンとアリエルは、ショート丈の物を購入することに決めた。

そして、最後のアレだ。

恥ずかしいので、三人で、あなたが言いなさいよと押し付け合う。

そんな様子に、マリリンさんが「おや？」と首を捻る。

そして酷《ひど》い。

アリエルとリィンが結託して私を一歩前に押し出した。

「あのっ！　防寒用の毛糸のパンツってありますか！」

私は目をぎゅっと瞑って顔を真っ赤にしながら尋ねる。

だって、男の人に、『毛糸のパンツ』って聞くなんて！

「あるわよ」

そんな私の様子に、マリリンさんはクスッと笑いながら答えてくれた。そして店の奥に行って、たくさんの『毛糸のパンツ』を持ってきてくれる。

「女の子は腰周りを冷やしちゃいけないわ～。寒いところに行くなら特にこの腹巻仕様がオススメね！」

……あ、マリリンさんが先回りしてくれたおかげで、『腹巻』まで言わずに済んだわ（ほっ）。

出してきてくれた『毛糸のパンツ腹巻仕様』はとても可愛《かわい》かった。

まず、パステルカラーを中心に色がたくさんあって選べる。そして、お腹《なか》の部分には何かしら可愛い動物なんかのモチーフがついているのだ。お腹の代わりに、おしりに柄付きのもあるわ。

うさぎに、猫、犬、ひよこ、ハートマークにリボン柄……。

私達はそれぞれ気に入った物を購入することに決めた。

ついでに私はお姉様とリリーの分も買っちゃったわ！

……ちなみに肌着だから、どんなのを買ったかは内緒よ！

第八章　乙女の悩み

そろそろ新しい商品をお店のラインナップに加えたいわね。

ある日、私はそう思い付いた。

……とはいっても、最近強力マナポーションを加えたばかりだから、もうちょっと目的の違う品が欲しい。そうしたら、新たなお客さんを開拓出来そうな気がするのよね。

そう思案に暮れて頬杖《ほおづえ》をついてみると、私のほっぺたが若干かさかさしているのに気がついた。

「あ、もうじき冬だから肌が乾燥しちゃっているわ。……これってみんなも共通の悩みだったりするのかしら？」

私はアトリエの女の子達に聞いてみようと思って、彼女達を休憩と称してお茶に誘ったのだった。

一緒に紅茶を飲んで談笑しながら、ミィナとアリエルに尋ねてみた。

「寒くなってくると肌が乾燥すると思わない？　みんなはどうかしら？」

「そうなんですよぉ」

「そうなんですよね」

二人共思ったとおりで、頷《うなず》いて返した。

冬は、王都の北部にある山岳地帯から、冷たく乾いた風が吹き付ける。だから、どうしても肌や唇が乾燥しがちになるのだ。

「寒くなるとどうしても、お肌がカサついちゃって。困っちゃいますよね」

ぷう、と頬をふくらませながら、ミィナが自分の頬をさする。

「やっぱり保湿成分のある化粧水を作ってみようかしら」

ちょうど良い素材があったことを思い出して、私がにこりと笑ってミィナに提案する。

「本当ですか!? 困っていたので、作ってくださると嬉しいです！」

ミィナがぱぁっと喜色を浮かべる。

「化粧水？」

エルフの里にはなかったものなのだろうか。アリエルは首を傾げていた。

「じゃあ、早速調理場を借りるわね。その前に、お花を摘んでくるわ。アリエル、手伝ってくれる？」

ミィナに、了承を取り付ける。そして私はアリエルを誘い、二人でザルを持って畑へ行った。

「わぁ！　故郷の真珠草が満開です！」

懐かしい光景に、アリエルは菫色《すみれいろ》の瞳をいっぱいに見開いて、感嘆の声を上げた。

二人で、咲きこぼれるエルフの真珠草の花をザルいっぱいに摘んだ。

これは陽のエルフの里で見つけて、採取してきたお花。だから、その満開に咲く花をアリエルに見せてあげたかったのだ。ちなみに鑑定さん曰《いわ》く、蒸留すれば保湿に優れた化粧水、別名フローラルウォーターを作れるらしい。

アリエルと二人、お花をたくさん摘んで、調理場に戻る。

そうそう。なんで実験室じゃなくて調理場なのかって？

理由は単純。実験室にある蒸留器についているフラスコだと少しずつしか作れないから。そしてフラスコの先は細いから、蒸留器で作るとお花を出し入れするのも大変だ。だから、理論的には蒸留をするんだけれど、道具は蒸し器を使う。プリンとかを作るやつね。

過去にも私のように錬金術師の女性もいて、その中には美容方面に研究を深める人もいたらしい。フローラルウォーターとは、薬効成分のあるお花やハーブなどを水と一緒に蒸留したもの。女性錬金術師が編み出した化粧水の作り方なのだ。

作り方はこんな感じ。

まず、蒸し器を用意する。丸みを帯びた蓋がついた大きな鍋が適している。鍋に入れた水を避《よ》けるための足のついた蒸し台も必要だ。

蒸し器の底にお水をたっぷり入れる。そうしたら蒸し台を置き、その真ん中に安定感のあるコップを載せる。そしてコップの周りにたっぷりの摘みたての花を散らす。

そして、蒸し器の蓋には半円の取手がついていて、少し取手部分に向けて丸みと高さがある物がいい。その蒸し器の蓋を、逆さにして蓋をする。

なぜ、逆さなのかって？

火をつけて加熱すれば、鍋の底の水が蒸発して、その上に載せてある花びらを蒸し上げて、その花の成分を含んだ蒸気になるのだ。

蓋の上には、蒸気を冷やすために、たっぷり氷を載せる。溶けたら急いで氷を足すのだ。そうすれば、冷えた蓋で蒸気が冷やされて、液体になり、逆さになった蓋を伝って、鍋の蓋の部分に滴が集まって落ちる。それを真ん中に置いたコップが集めるという仕組みだ。

コンロに火をつけて、中のお水を沸騰させる。

しばらく蒸発させ続けると、お花の成分を含んだフローラルウォーターが、蒸し器の蓋を伝って取手に集まり、ぽとりと滴が落ちてコップにたまっていく。

「あとは、これに少し蜂蜜を入れると殺菌効果と保湿効果が出るらしいの」

「蜂蜜……。ありました！　はい、デイジー様」

私は、出来上がったフローラルウォーターの中に、ミィナに取ってもらった蜂蜜を少し加えた。

これで、化粧水は完成！

フローラルウォーターが冷めてから、可愛《かわい》いガラス瓶に、私達三人の分、そしてカチュアにも分けてあげようと思って、合計四本に分けて入れる。

「うん、完成！」

これで完了！　簡単でしょう？

「え？　美容にいい化粧水が、こんなに簡単に出来るのですか？」

ミィナが目をまんまるにしていた。

【エルフの真珠水】
分類：化粧品　　品質：高品質　　レア：A
詳細：上質な化粧水。保湿と肌の引き締めに優れている。

気持ち：ぷりぷりほっぺにしてあげる！

ずっと蒸留する過程を見守っていたみんなに、化粧水の入ったその瓶を手渡した。

「よし出来た。これでみんなの分、完成よ！」

「はわわ！　可愛い瓶です！　早速使ってみてもいいですか？」

うずうずと見るからに使いたそうにしているミィナが目を輝かせている。化粧水というものを知らないらしいアリエルも興味津々といった様子で瓶の中身を眺めている。

「どうぞ。私も一緒に使おうかしら。よく瓶を振ってから使ってね」

みんなで向かい合って腰を下ろし、瓶をよく振ってから蓋を開け、一回分の化粧水を手のひらに載せる。そして、軽く両手になじませてから、優しく顔に押し当てていく。

「カサカサだったほっぺがモチってします！　それにお花のいい匂い〜」

そういうミィナの尻尾も嬉《うれ》しさを表現するかのように、先端がくるくると揺れる。

「本当。手のひらがほっぺたに張り付くみたいです！」

アリエルも、その効果に感動したようで、顔中に満遍なく化粧水を載せていた。

私もその効果にびっくりする。

「これはぜひとも国中の女性達の手に届けたいですよね！」

「うーん」

ミィナが興奮気味に言うけれど、そこで私は頭を悩ませる。エルフの真珠草って、他所の畑でも育つんだっけ？

「ねえ、アリエル。この花は、エルフの里や私の畑以外でも育つものかしら？」

アリエルにこっそり耳打ちすると、彼女はミィナに聞こえないように返答する。

「いいえ。世界樹のない場所で、あの花は育ちません」

そうすると、他の代用の花が必要。

そういえば、バラにも保湿や収斂《しゅうれん》作用があったような気がする。

私は、みんなにその場に待っていてもらった。そして、急いで二階の本棚にある植物図鑑を調べる。その結果、やはりバラにも美容効果があることがわかった。

だったらここはカチュアに相談するのが一番かしらね。大量生産といったら商人の出番。

カチュア用にとっておいた化粧水を渡しながら、相談しましょう。

そう思って、私は日を置いてカチュアの元に相談しに行き、今度アトリエに来る時に、バラのドライフラワーをたくさん持ってきて欲しいとお願いしたのだった。

◆

そして、数日後。

エルフの真珠草から作った化粧水を試してみて、その価値を確信したカチュアは、「これは素晴らしいです！　もっと広く女性に使えるようにすべきです！」と、商品化したいと言い出した。そんな彼女の行動は早かった。

あっという間にバラのドライフラワーを確保してきてくれたのだ。ちなみに、ドライフラワーなのは、もうすぐ冬だから。今は、秋バラの季節も過ぎてしまっていた。

そして再度、フローラルウォーターを作成する。それを見守っていたカチュアに、出来上がったバラのフローラルウォーターを使ってみてもらった。

「デイジー。バラから出来たものも、香りがいいし、しっとりするわ！　これだったら、鍋を大きくすれば一度にたくさん作れそう……、いいえ、専用の大きな蒸留器を作っても良さそうです！」

「たくさん作るなら、おそらく精油もそれなりの量を採取出来るだろうから、精油は別に採取する作りにしてもいいわね」

一般的な蒸し器で作ると、フローラルウォーターの上に、原料の花の精油がほんの少しだけ浮く。この精油は別の使い道がある。というか、こちらの方が採取量は少なく希少品だ。香水の元になったりするから、きっと化粧品を扱うカチュアの役に立つだろう。

「カチュアの商会で大量生産した方が、きっと多くの人の手に渡りやすくなるわ。ぜひ、カチュア商会で商品化してちょうだい！」

「デイジー、ありがとう！　早速、精油と化粧水を別に採取出来るような蒸留器を技師に試作させるわ！」

アイディア料は後日精算することにした。私は、実家にいるお母様とお姉様にも分けてあげたいと思って、今日作った分から取り分けておくのだった。

◆

そしてさらに数日後。

「デイジー様ぁ。先日頂いた化粧水で、全体のお肌は調子が良いのですが、どうしても唇が荒れがちで……」

可愛い尻尾もしゅんっと下がってしまっている。

そういえば、実家にいる頃に、ポーションを漉《こ》したあとの布で、ケイトのあかぎれを良く治していたわよね。結局唇の荒れも、あかぎれも、どちらも肌荒れよね？

そう思って、保管庫からポーション瓶を持ってきて蓋を開けて、ほんの少し皿の上にこぼし、それに私の人差し指を浸した。

「ちょっと唇を閉じて、力を抜いていてね」

そう言って、私の濡《ぬ》れた指先を、トントン、とミィナの唇に少しずつ乗せていく。

すると、かさかさとささくれていたミィナの唇が、みるみるうちに綺麗《きれい》なツヤを取り戻していく。

「……やっぱりね」

ミィナは、そんな私をよそに、ポーションを使わせてしまったことに大慌てでして、はわわわと騒いでいる。

「ねえ、ミィナ」

「はっ、はい！」

「少しのポーションで唇の荒れが治ったわ。ということは、普段の化粧水に少しポーションを混ぜたら……」

「肌荒れや、敏感肌や、ニキビで悩む子はそれも治るかもしれません！」

「そうよね！」と二人で両手を掲げてハイタッチをする。

うちのポーションは二倍効果のポーションだから、化粧水にはほんの少し入れればいいはず。あまり濃くして常用するものでもないしね。そういう訳で再び試作品を作る。

そして、私を含めたアトリエ常駐の女子三人と、アトリエの常連の女性で肌の悩みを持つ人に、テスターになってもらって、『ポーション入り化粧水』の効能を試してみた。

結果は皆さん上々。敏感肌や脂性肌の人用のベースになる花には気を使う必要があって、まだまだ人それぞれ調整の必要はありそうだけれど。

結局、カチュアが私のレシピをもとに化粧水の大量生産化に成功し、王都の女性達のスキンケアが流行した。その中で、うちのアトリエでは『ポーション入り』薬用化粧水をこっそり取り扱うようになった。

そして数日が過ぎたある日の朝のこと。

「あれ、デイジーちゃん。これはなあに？」

ポーションを買い求めに来たパーティーメンバーのうち、女性冒険者さんが、新作を知らせる張り紙の『ポーション入り化粧水』の文字に目を止めて、私に尋ねてきた。

「はい！　最近カチュア商会から化粧水が発売されていると思いますが、それでもお肌の調子が整わない方向けに、私のアトリエで作っているポーションを混ぜたものを作ってみたんです」

「私、冒険の間はお肌のケアなんてしていられないから、市販品だけじゃちょっとものたりなかったのよね」

　そうして、彼女は一本お買い上げ。とても調子が良いということを、後日報告してくれた。やがてこれも、口コミで噂《うわさ》が広まり、「知る人ぞ知る」という商品として定着し、お肌の悩みが深い女性も来店するようになった。

　そしてどういうことなのだろうか。話題になり始めて早々に王家からも問い合わせがあり、王妃殿下が御所望だという依頼が内々に来て、これも納品物に加わったのだった。

第九章　人を育てるということ

そうして準備を整えて半月ほどが経った。季節はもうじき、冬に差し掛かろうとしていた。

私達は、王都の北西にある賢者の塔へ続く道を走っている。

その途中にある脇道から登山道へと進み、樹氷鉱が採取出来る氷穴を目指すことになったのだ。

まずは、賢者の塔を目指した時と同様に街道沿いを進む。そして登山道への分かれ道には、登山前に休みを取れるようにと設置された小さな宿場町があるというので、今日一日の目標は、その宿場町への到着ということになった。

以前来た時には、山の色も鮮やかな緑だったけれど、葉が落ちて既に枯れ枝になっていたり、黄色や赤に彩られたりしている。吹き付ける風は乾いて冷たく頰《ほお》を冷やしていく。

そして、薄い青空の上に、いわし雲が流れていく。

「ちょっと寂しいわね」

私が呟《つぶや》くと、「もう冬も近いしね」とリィンが答えてくれる。

「そういえば、アリエル」

「ん？　なぁに？」

「世界樹の残り二本の病気を治す件はどうなったの？」

私は、しばらく音沙汰がないけれど、頼まれているはずの案件について尋ねてみる。

すると、想定外の回答が返ってきた。

月のエルフ達は、ちょうど王が崩御されたばかりで王が不在。人間を里に入れるか否かを判断出来る者がいないらしい。

星のエルフは、里を厄介な魔獣に荒らされていて、その退治に苦慮をしており、むしろ陽のエルフにはそちらの援軍を頼みたい、と。

ともあれ、『今は、ちょっと枯れかけの世界樹どころじゃない！』ということなのだそうだ。


……あれ。世界樹って枯れると世界が崩壊するんじゃなかったっけ？


「まあ、エルフも世界樹も長命ですからね。死ぬほど気長なのですよ～」

と、母親から伝えられた結果に、彼女自体も呆《あき》れているらしく、肩を竦《すく》めていた。

「まあ、世界樹を管理しているエルフ達が、まだ大丈夫と判断しているのなら大丈夫なのかしら？」

私が首を捻りながら尋ねる。

「エルフの寿命なんて千年超える方もいますからね。むしろ、二本目以降は、次代の愛《いと》し子《ご》の仕事になったりするかもしれませんね」

それは冗談なのか本気なのか。

その気の長さに呆気《あっけ》に取られて、その答えは聞きそびれてしまった。

道行は安全だ。

私達のやや上をティリオンに乗って飛ぶアリエルが、弓術士の目の良さで索敵し、魔獣が多少いようとも、さっさと弓で撃って排除してくれる。

ちょうど私達と行き交う人達も、そのおかげで無駄な消耗をしないで済むおかげか、感謝の言葉を掛けられながら、すれ違っていく。

やがて、夕方になる前には目的の宿場町も見えてきた。

入口の若者に身分証を見せて、馬を置ける宿屋の場所を聞く。

マルクとレティアは馬を繋ぎに行った。

リーフとレオンとティリオンは、ぽふんと小さな姿になる。どうやら、ティリオンも、アリエルの頭の上にとまれるほどの小さな姿になれるらしい。

木造の簡素な宿屋の受付で、五人それぞれ個室で部屋を確保する。

ちょうどその時、宿屋の受付の奥で、何度も咳《せき》をする音がするのに気がついた。

「風邪ですか？」

その、奥で咳き込む人に向けて、私は少し大きめの声で尋ねる。

すると、呼吸の苦しそうな奥の人の代わりに、受付をしていたおじさんが答えてくれた。

「ちょっと、急に冷えてきたせいか、今この町で風邪が流行《はや》っていてね。軽症の者はあとに回すにしても、肺を患ってしまった者や、子供や老人は早めに治してやりたいんだが、ポーションが切れてしまって。行商が来るまでにまだ日もあってねえ」

町の元気な人間が大きな街に買いに行けばいいだろうと思うかもしれない。けれど冒険者に護衛依頼をしないと、街道と言っても長旅に出るのは危険だ。だから彼らは、行商人がポーションを持ってきてくれるのを待つしかないと、そう説明された。

五人で顔を合わせる。

「デイジーのロッドのポーション格納量ってどのくらいなんだ？」

マルクが尋ねてくる。

「多分この小さな町ならみんなに飲んでもらっても、余裕で余ると思うよ？」

そう答えると、それを聞いていた宿屋のおじさんが、ガシッと私の腕を掴《つか》んだ。

「代金は何とかして払う！　町の者を治してやってくれないか！」

結局宿屋のおじさんがその町の町長さんに話をして、私は順番に体調の悪い人がいる家を回ることになった。

「はい、アーンって口開けて」

町の患者達は、ロッドを手に持って、一瞬理解不能な要求をする少女（私）に首を捻る。けれど付き添いの町長さんに促されると、患者達は素直に口を開けた。

私はぽわんとロッドの先端からポーションの水泡を浮かせる。

口が開くとその中にそれを放り込んだ。

「ただのポーションだから大丈夫、飲んでください」

効果二倍だけどね。

患者達は、ごくんと喉を動かして嚥下《えんげ》する。

「……あれ、前より調子いいわ」

患者達は、ポーションの効果が出ると、一様に首を捻る。

そんな感じで、町長さんの案内で町の患者達を癒《いや》して回った。

ポーションは通常大銅貨一枚、千リーレで売っている。行商人価格だと、その手間賃分値上がりするらしい。とは言っても、私のポーションは二倍品質でそれ以上の五倍価格だということは内緒にすることにした。困っている人からむしり取るような行為はしたくない。

ここの宿屋は朝夕の食事付きで一部屋大銅貨三枚。

ポーション代を一人千リーレとして計算すると、結局宿代とポーション代がトントンって感じになった。だから、ポーション代は、私達の今日泊まる代金を町長さんが負担してくれるってことで相殺することにした。

町の人達には、我が町の聖女様だよ！　なんて言って大袈裟《おおげさ》に感謝された。

でも、なんていうか、心にしこりが残る。治してあげられて満足というよりも、この国には『簡単に治療を受けられない人がいる』ということを初めて知って、王都育ちの恵まれた身ゆえの無知に恥入り、複雑な気分になってしまった。

心がざわつき、その日の夜はリーフに暖めてもらいながら眠りについた。

……こういうのって、どうにか出来ないのかな。

◆

翌朝、宿場町の宿屋で朝食を済ませた。

レティアとマルクの馬はそのまま宿屋に預かってもらった。

そして私達は登山用のブーツに履き替えて、登山道の入口へと向かうことにした。

アリエルは徒歩ではなく、ティリオンに乗って飛ぶらしい。そのかわり、私達が歩く周りを哨戒《しょうかい》しながら飛んでくれる。細い山道で魔獣と戦闘になったりしたら危ないから、先手をうってくれるのはありがたい。

私とリィンは徒歩。山道でリーフ達から万が一にでも落ちたら危ないということで、きちんと歩きなさいということになったのだ。もちろん体力づくりの意味もある。

道は、そこまで急斜面ではないのだが、それなりにでこぼことしているし、小石や岩も露出していたりする。そういう、整地されていない道なので、疲労がたまらないように定期的に休憩をとりながら登っていく。

「うわ、なにこれ！」

そんな道行の中、私が思わず叫び声を上げる。目の前に、なんだか巨大な岩が絶妙なバランスで重なった、立派なトンネルのような物が、行く手を阻んでいたからだ。

「これは、登るの？　くぐるの？」

立ち止まって私とリィンはその岩の穴を覗《のぞ》き込む。その穴は人が通ることが出来そうな大きさが十分にある。だが、登って上を通るのは、小柄な私達には辛そうだった。

その様子を見て、マルクが笑う。

「そうそう、初めてだとみんなこれ悩むんだよ。だから『初見迷いの岩』って言うんだよ。この登山道の名所だな」

そう言いながら、マルクが私をひょいっと抱き上げて、岩の上に乗せてくれる。

「潜っても登っても大丈夫！　だけど上は絶景だから、登る方が一見の価値ありって感じかな」

そう言われて私は恐る恐る岩の上から下を見下ろす。

すると、目の前に、今まで歩いてきた山道や、もっと下には昨日宿をとった宿場町、そして、その先には広々とした農村地帯や林や森が広がっていた。

「アタシも！」

そう言って強請《ねだ》るリィンも一緒に岩に乗せてもらい、景色を十分に楽しんだ後、潜って反対側に回ったマルクに岩から下ろしてもらった。

そんな名所もある山道を、無理のないペースで歩いていくと、やがて、ぽっかりと穴が開き、下に降りていくタイプの洞窟に辿《たど》り着《つ》いた。

「ここは、下に降りていくから、俺がロープを張るぞ。それを伝って、ブーツのピックを地面にひっかけながら注意して降りること」

そう言いながら、マルクが岩場に杭《くい》を刺し、そこにロープをしっかりと縛り付ける。そして、ロープの反対側を、下に続く洞窟の中へと放り投げた。

それを見ながら、アリエルが首を傾《かし》げる。

「一人ずつ、ティリオンに乗せてもらって降りれば良くない？」

「ええっ！　先に言ってくれよ！」

すっかり準備万端のマルクは肩を落とす。そしてその横で、ティリオンはアリエルの提案に、了解とばかりに翼をバサバサして応える。

ガックリ肩を落としながら杭とロープを回収するマルク。

……うん、確かにちょっと可哀想《かわいそう》。

まあとそんな訳で、ティリオンに一人ずつ下ろしてもらった。

リーフとレオンは器用に岩場を蹴りながら自力で降りてくる。

「この氷穴は、氷柱《つらら》とかはないのね」

私はぐるりと見回して洞窟の内部を確認した。

足元が凍っているだけで、壁面も岩肌が露出している。前回の採取の時に出くわした、擬態したアイスゴーレムの件があるから、これはちょっと安心する。

「季節にもよるけどな。と、ここは水属性の氷系のモンスターが出るから、武器切り替えとけよ」

その言葉に従って、黒炎王シリーズの三人組が武器を持ち替える。

すると氷穴の奥から、ズッズズッと何かを引きずる音が、こちらに向かってくる。

アイスリザード。背中に氷の棘《とげ》を生やした大人の男性くらいの大きさのある巨大なトカゲだ。

「石の楔《ロックパイル》！」

私が、足止めしようと思って、トカゲの口に地面から杭を生やして串刺しにする。

すると、トカゲが地面を後ろ足で蹴って体を捻り、氷の棘を生やした背を私に見せる。

トカゲがその背の棘を射出しようとするのを見て取って、アリエルが私の元に駆け寄ってくる。

「炎の壁《ファイアーウォール》」

私を庇《かば》うようにして炎の壁で氷の棘を溶かしてくれた。

「ありがとう！」

「任せてください！」

頼もしい言葉のとおり、射出される氷を全て溶かしきってくれた。

「今度はこっちの番！　炎の矢を喰《く》らいなさい！」

アリエルは叫ぶと、弓に三本の炎の矢をつがえて、トカゲの両肩と胴を射抜く。

「よっし、今だ！」

トカゲの気がアリエルに向いている隙に、横から走り寄ったリィンが次々にハンマーを振り下ろす。彼らは頭部がぺしゃんこになり、さらに黒炎王の炎の力で頭部を黒焦げにされて息絶えた。

「よし、奥に進むぞ」

そう言うマルクを先頭に、レティアを殿《しんがり》にして氷穴の奥へと進む。

「止まって！　罠《わな》です！」

私と並んで歩いていたリーフが小石を咥《くわ》えてマルクの横に走っていき、その小石を彼の足元に転がす。すると、ザシュッと音を立てて、足元から氷の杭で串刺しにしようとするトラップが出現し、その杭を、マルクがギリギリのところでのけ反って躱《かわ》した。

「トラップ付きかよ……。適当な木の枝も転がってないし、どうするかな……」

マルクが一歩後退してバランスを取り直しながら、タラリと冷や汗を垂らす。

「私がトラップを探りながら先頭を歩きましょう」

リーフがそう申し出て、私達はさらに奥へと進むのだった。結局幾つかのトラップをリーフが先に発見してくれて、無事に私達は氷穴の最深部まで辿り着いた。

「あったぁ！」

私が、目当てのものを見つけて歓声を上げた。

「これは壮観だな！」マルクも、その光景に声を上げる。

そこには、大きな木の枝のような形をした、純度１００％の『樹氷鉱』の塊があった。それは、洞窟の天井の隙間から差す陽の光を反射して銀色に光る。まるで光り輝くオブジェのよう。

樹氷鉱の大きな枝を採取して、氷穴をあとにして、山を降りていく。無理のないペースで帰りつつも、日が暮れないうちに先日宿をとった宿場町に到着したいとマルクが皆に説明をしていた。そして、一泊してから王都へ戻る計画にしたいらしい。

そうして宿場町への帰途につき、ようやく陽もオレンジ色になり、私達を斜めから照らす頃、私達の進む道のその先に遠目に町の姿を捉えることが出来たのだった。

◆

そんな時、私より少し年下くらいの赤毛の少年が、宿場町の方から駈《か》けてくるのが見えた。大きく手を振っているあたり、用があるのは私達のうちの誰かなのだろう。

「……！」

「……さん！」

互いの距離が近づき、叫んでいる声がだんだん鮮明になってくる。

「ポーションのお姉さん！」

それって多分私よね？

彼はようやく私をとらえると、走ってきた反動で、ゼイゼイと背で息をする。

私達は、歩みを止めて、彼が落ち着くのを待つ。

「ふう」

マルクに飲み水を貰《もら》って、ようやく一息ついたようだ。呼吸も安定している。

「一生懸命私を探してくれていたみたいだけれど、一体なんの用だったのかしら？」

私はようやく本題を口にした。

「あの、俺の家、代々この町の錬金術師だったんだ。そして俺も錬金術師の職を授かった。でも父ちゃんが死んじゃって……。俺もこの町の錬金術師になって、町の人を癒してあげなきゃいけないんだけど、教えてもらえる人がいないんだ」

彼の説明によると、この町は本来錬金術師がいる町だったらしい。けれど彼の父の死によって、ポーションを他所に買い求めなければならなくなっていたそうだ。

「あの！　俺を弟子にして欲しいんだ！　立派な錬金術師になって、町のみんなが安心して暮らせるように、ポーションを作れるようになりたいんだ！」

そう言って、彼はすがるように、私の外套《がいとう》の裾を握った。

私は困ってしまって、助けを求めてみんなに視線を向ける。すがる瞳に答えて、彼を預かって錬金術を教えてあげたい。ただ、こういう場合どうしたらいいのかよくわからなかった。いつもの相談相手のお父様もいないし……。

「まず、今の君の保護者は誰なんだい？　君の決意は素晴らしいけれど、まずは保護者の許可がいるだろう？」

そこを察したマルクが、少年に尋ねる。

「……町長さんのところにお世話になってる」

「じゃ、一緒に行くぞ」

マルクが少年の背をぽんと叩《たた》いて歩き出す。それに連なって、みんなも宿場町の町長さんのお宅に向かって歩き出すのだった。

そして、その道すがら、少年の名前はルックということも含めて、互いに自己紹介をして歩いた。

ルックは、町長さんの孫娘と幼なじみで仲が良いのだそうだが、先日の流感騒ぎの時に、彼女も

病に冒されてしまった。自分も錬金術師なのに、それをどうにも出来ないことをとても悔しく思ったのだという。

そんな時に偶然現れたのが私。

ロッドを使っているから、まるで魔法使いのようなやり方だった。けれど、確かにポーションを使っていて。その町人達を癒《いや》して歩く私の姿に、ルックは感動したのだという。

というか、その孫娘さんのことを好きで、私はその彼女の命の恩人って感じかな？

と、勘ぐりは置いといて……。

まあ、そうすると、彼が覚える必要があるのは、ポーションにハイポーション、解毒ポーション……。ああ、そうだ。薬草畑の作り方を教えて、私の手元にある種を分けて町に返してあげれば、安全に、そして安定して素材を手に入れられるだろうな。

そんなことを考えていると、宿場町の町長さんの木造建ての簡素な家に着く。

ルックは、その家の扉をノックした。

「ルックです。町長さんとお話がしたいんですが、客人を招いて良いでしょうか」

すると、中から扉が開いて、町長さん本人が姿を現す。

「ルック！　あれほど自分の家だと思って遠慮するなと言っているのに、どうしたんだい……って、お客人とは、デイジー様達でしたか！」

町の人の病を一緒に癒して歩いたので、町長さんとはすっかり顔なじみだ。町長さんの顔も緩んで、笑顔で家の中に招き入れられた。

町長という立場上、人を招くことはよくあるのだろう。使い込まれてはいるが大きな応接セットのある客間に全員が通され、それぞれが思い思いに腰を下ろす。

「で、ルック。話とはなんだい？」

町長さんが話を振る。その合間に、孫娘ぐらいと思える年頃の女の子が、お茶を各人に配ってくれた。町長さんに尋ねると、やはり孫娘なのだという。

「俺はこの町の錬金術師にならなきゃいけないのに、父ちゃんが死んだから錬金術を教わる人がいない。だから、デイジー様の弟子にさせてもらいたいってお願いをしたら、保護者と話が必要だろうってマルクさんに言われて……」

「それで、保護者をしているワシのところに相談に来たということか」

町長さんに言われて、ルックが頷く。

「俺はっ……！　あの日、デイジー様に町を救ってもらったけれど、あの時本当は俺が出来なきゃいけなかったんだ！　だけど、俺にはその知識がない。勉強して、錬金術師になって、父ちゃんのように、町の人の助けになれる男になりたいんだ！」

たん、と膝を握った拳で叩《たた》く。きっとそれは非力な自分への悔しさの表れなのだろう。

「お前の気持ちはわかった。デイジー様のご返答次第だが、お前の気持ちは汲《く》んでやろう」

町長さんが、ルックの訴えに頷《うなず》いてから、体の向きを私に変える。

「ルックはああ言っておりますが、デイジー様のご都合はどうでしょう。それに、教えを乞うのであれば、それに対する対価というものも……」

私はそれを聞いて首を横に振る。

「対価など求めません。私は十歳ですが、既に錬金術の技によって、陛下から女準男爵を叙爵されている身です。こういう困っている町の錬金術師を育てることは、貴族としての義務です。そして、その義務の遂行に付随する費用は私が負担します。それが貴族というものです」

十歳で叙爵という言葉を聞いて、町長さんは驚きに目を見開く。

私が言っているのはいわゆる、『ノーブレス・オブリージュ』という考え方。

言い換えれば、『貴族は義務を負う』。貴族たる者、とまず教わる基本の言葉である。

身分の高い者はそれに応じて果たさねばならぬ社会的責任と義務があるという道徳的な教えだ。

貴族は民よりも暮らしに恵まれていることが多い。その収入の源は民からの税だ。それをきちんと理解し、必要な時には貴族は民に尽くせということだと私は理解している。

けれど、十歳の私がそれを言い切り、無償で町の錬金術師となるべき子供を育てると宣言するその言葉に、町長さんは深く頭を下げる。

「ですが、私は十歳の小娘にすぎません。そういう意味では未熟者でもあります。その私に、町の大切な錬金術師の卵を預けることが出来ますか？　可能であれば、彼を預かり町に必要な能力を身につけさせて、お返ししましょう」

私は彼に必要な知識は与えてあげられるだろう。けれど、まだ自分が子供にすぎないこともよく理解していた。

「デイジー様。デイジー様にこそ、この子に、ルックに教えを授けてやっていただきたく願います」

その町長さんの言葉に、町長さん自身とルックが頭を下げる。

こうしてルックが、私の弟子となることに決まり、王都に連れて帰ることになった。

だが、連れて帰る前に、彼の住まいである元アトリエの状態を知っておきたかった。その状態によっては、町に返す時に、必要な器材の支援もしてあげなければならないからだ。

ああ、そうだ。彼が帰るまでに、薬草畑にするための土地も確保しておいてもらわなければならないだろう。

さっきまでの会話の流れで、町長さんにお願いしてしまおう。

「町長さん。ルックを預かる代わりに、町長さんには一つお願いごとがあるんです」

「はい、出来ることであれば、なんでも承りましょう！」

貴族に不遇職と言われて忌避されてきた錬金術師といえども、こういう町ではむしろ貴重な人材だ。それを無償で私は育てようと申し出た。

そんな私に対して、町長さんは協力を惜しまないという姿勢を見せてくれた。

「私はまず、彼に薬草畑を作る方法を教え、それを彼に実践させるつもりです。そうすることで、質の良い薬草を安定して入手が出来るようになるからです」

「薬草畑、ですか」

聞きなれない言葉に、町長さんは最初に首を捻《ひね》ったものの、その必要性の説明に至ると、「なるほど」と言って頷いた。

「実は、ルックの父親と母親は、自ら薬草採取に出かけて行方不明になり……、命を落としました。

薬草畑、それがあれば、そんな不幸もなくなりますな」

「父ちゃん達にも、そういう発想があったらな……」

町長さんもルックも、当時のことを思い出したのか、しみじみと呟《つぶや》く。

「そういう訳で、ルックが錬金術師として町に戻るまでに、薬草畑とする土地の確保をお願いしたいのです」

その私の申し入れに町長さんは快諾してくれた。

あとは、アトリエの現状のチェックね。

そう思って、「じゃあ、アトリエを見に行きましょうか……」と私が言いかけ、皆が腰を上げた時に、先ほどお茶を用意してくれた女の子がルックに駆け寄った。

「ルック！」

「リナ！」

ルックが、驚いたように彼女の肩を掴んで受け止める。

「ルック……戻って、絶対戻ってくるよね？　約束、忘れてないよね！」

ん。やっぱりそういう関係？　あれ、私より年下よね？

「俺はリナのいるこの町が大事なんだ。俺はリナの元に絶対帰ってくる」

そう言って二人は見つめ合う。

祖父である町長さんも公認なのだろうか。何も言わずに見守っている。

「……おアツいね～♪」

リィンが茶化《ちゃか》すように言うと、二人の世界に入っていた彼らが、はっと気がつく。恋する少年少女は揃《そろ》ってゆでダコのようになっていた。

そしてようやく本題の彼の自宅へ行く。

傾いて久しいだろう『錬金工房』と書かれた看板は、ホコリを被っていた。私達はその下にある扉を開けて、中に入った。

家財を覆う布を取り去る。すると、酷《ひど》いホコリが舞うと共に、ホコリから守られた錬金術の器材達が姿を現した。

「蒸留器に、ビーカー、乳鉢に、加熱器……うん、大丈夫そうね」

サッと鑑定で見る限り、壊れている物もない。このまま今までどおり大切に保管しておけば、彼が帰った時に役に立つだろう。

「ルック、私達は今晩この町の宿で一泊していくわ。明日の朝出発出来るように、必要な準備をしてもらえるかしら？」

結局町長さんの家からずっと付いてきているリナのことも、ちらっと見る。そしてルックに視線を戻し、『大切な人との別れも含むのだ』ということを彼に示唆した。

「……わかった」

ルックは、リナの手をぎゅっと握り、しんみりと頷いた。

そして一夜が明ける。

出発の時がやってくる。

ルックがリュックサックにまとめた荷物は少ない。彼は、レティアの前に乗せてもらうことになり、荷物はまるごと彼女のマジックバッグの中にしまってもらった。

そこへ、リナと町長さんが別れの挨拶にやってくる。

ルックとリナが歩み寄る。

リナは、首にかけている銀色のペンダントを外す。それはまだ、彼女の温《ぬく》もりが残っているだろう。それを、彼女の手でルックの首にかける。

「これ、お守り。持って行って。そして、無事に帰ってきて、私に返してよね！」

そう言ってくしゃりと、今にも泣き出しそうな顔でリナが笑う。彼女は「しっかり勉強してきてよね！」と言うと、ドンとルックの胸を叩いた。

「……ありがとう。行ってくる」

ルックは、首から下げられたペンダントをぎゅっと握りしめる。

そしてルックは踵《きびす》を返して、レティアの元へ行き、手で抱きあげてもらって馬に乗った。

町の人達に手を振って、別れを告げる。そして、一行は王都へと向かう街道にそって走り出す。

しばらく道は真《ま》っ直《す》ぐで、振り返るたびに町はどんどん遠ざかって小さくなっていく。

見送りの人達がひとり、またひとりと減っていく中、リナは、ずっとずっと最後まで町の入口で立っていた。

互いの姿が見えなくなるまで、ルックとリナは、手を振り続けていた。

馬に乗っている者が何度も後ろを振り返るのは、レティアからしたら不安定この上ないはずだ。

けれど、少年と少女のしばしの別れに、彼女はそれを注意することはなかった。

◆

私は、ルックを伴って王都へ帰ってきた。

「ただいま！」

ミィナとマーカスに帰宅の挨拶をして回る。

「お帰りなさい！」

「あれ、お客人ですか？」

ルックに気づいたマーカスが声をかける。

「初めまして！　デイジー様の弟子にしてもらったアクツ山の宿場町のルックといいます！　七歳です！　よろしくお願いします！」

元気に勢いよく頭を下げるルック。そして、彼にも、助手のマーカス、パン工房担当のミィナを紹介する。

「お弟子さん……ですか？」

突然のことに首を捻るマーカスとミィナ。そりゃあ、素材集めの旅に出て、弟子を連れて帰ってきたら驚くわよね。

なので、彼の事情と出会いの経緯を、二人に説明した。彼は師匠として教えを乞うはずだった父親が亡くなってしまい、教わる人を求めていたところ、偶然私と出会ったのだと。

「それは……大変でしたね。確か、男子フロアの二階。ちょうど私の部屋の向かいの部屋が空いていますよね。そこへ入っていただけばよいのではないでしょうか？」

早速マーカスが、彼の今後の身の振り方に気を配ってくれる。

「うん、そのつもり。ミィナ、少しあのお部屋の片付けをお願いしてもいいかしら？」

「はい。まだ午前中ですから、アリエルに手伝ってもらえれば、今日の夜から使えるようにしておきます！」

ミィナがアリエルの方を見る。アリエルは、了解というように頷いてくれた。

「空気の入れ替えと、お布団を干し始めないと！　新しいシーツも……」

ミィナは、早速というように一礼してから、階段の方へ走っていってしまった。

「ルックは、平民……、まずは文字の読み書きと計算能力が気になりますが……」

「名前とかは読み書き出来るんだけど、それ以上と、あと計算は……」

マーカスに尋ねられると、ルックは下を向いてしまう。

「毎回実家に頼る訳にもいかないわよね。どうしようかしら？」

私は、リリーの時は養女扱いだったからともかく、今回それはないなあ、と思って思案する。彼も私の実家で客人として世話になるのは、おそらく肩身が狭いだろう。

「それだったら、教会の孤児院が、平民の希望者向けに私塾を開いてくれていますよ。うちの弟妹もお世話になりました。そうですね、家庭ごとの心付けや、お布施で教えてくれます」

さすがマーカスは市井のことには詳しい。

しかも、弟妹のいる彼は、休みの日にはまめに実家に顔を出している。父親のいない家庭で、母親を支え、彼らの面倒も見ているのだろうか。平民の教育のあり方についても詳しかった。

「じゃあちょっと落ち着いてから、教会にご挨拶とご相談に行きましょうか。そうと決まれば、まずは身嗜《みだしな》みを整えて……、ああ、今の洋服は王都で暮らすにはちょっと傷みが激しいですね。彼が恥ずかしい思いをしないように、古着屋に行って、手ごろな衣類を買い求めましょう！」

マーカスが、ルックの身の振り方をてきぱきと決めていく。

その横で、ルックはおろおろするばかりだ。

「何から何まですみません……」

そんなルックに、マーカスはルックの背をポンと叩《たた》いて励ます。

「気にしない！　そうだ、デイジー様。衣類を買いに行くのには、同性の私がついていった方がいいと思います。あと、費用の方も……、よろしいですか？」

世話焼き気質のマーカスが早速申し出てくれる。

私はありがたくその申し出を受け入れ、ルックが王都で暮らすにあたって必要な物を揃えるのに先立つ物を、マーカスに預けるのだった。

◆

そうして数日後。

私とマーカス、ルックで教会に向かった。

錬金工房の店番は、アリエルにお願いしてある。

今はもう冬。街路樹の葉もすっかり落ちていて寒々しい。頬《ほお》を刺す凍《い》てついた風が、もう冬なのだと告げている。

それとは対照的にルックは初めて見る王都の街並みに、いちいち驚いて回って元気そのもの。

彼に「あれは何？　これは何？」と色々尋ねられながらの道行きだったので、本来二十分で済むところ、到着まで三十分ほどかかった。

ちなみに、昨日の買い出しは、『歩道』というものを知らないルックが馬車道に出て轢《ひ》かれそうになり、大慌てでマーカスが歩道に引っ張り、注意したのだそうだ。

やがて、教会に着く。

いつ見ても立派で荘厳な佇《たたず》まいだ。

今は、秋の洗礼式を飾っていた色とりどりの葉っぱも枯れ落ち、寂しい景色になっていた。

「教会の孤児院に行けばいいのかしら？」

私は、リリーの件で顔見知りのシスターがいたわ、と思い出す。そしてマーカスは、孤児院が私塾を開いていると言っていたはずだ。

「そうですね、こちらです」

マーカスが手慣れた様子で先導してくれる。

その建物は教会の横に立っていた。石造りで古く、簡素ではあるがなかなか大きな建物があり、その中から、大勢の子供の声が漏れ聞こえてきた。

「ここが入口です。すみません、孤児院のシスターはいらっしゃいますか?」

マーカスが中に声をかけながら、その木の扉をノックする。

すると、キィと音を立てて扉が開く。そこには、以前リリーの時にお世話になったシスターが立っていた。

「あら、デイジー様! それに、マーカス君。いらっしゃい」

久しぶりの再会に、彼女が嬉《うれ》しそうに笑いかける。マーカスが、ルックの私塾入学の件で来たと用件を伝えると、孤児院の中へ招き入れてくれた。

応接間に案内され、ルックの身の上や預かることになった経緯を伝えると、シスターは、ルックの身の上に心を痛めると同時に、私の行いにとても感心したらしい。ルックの入学は「喜んで」と、「明日からでも、準備が出来次第通ってくれて構わない」と答えてくれた。

……が。

「あの、デイジー様。デイジー様は、これからルック君をお弟子さんにして、一から錬金術をお教えになるのですよね?」

うーん、と、頬に手を添えてシスターが何やら考え込む様子を見せた。

「そうですが……、どうかなさいましたか?」

ん? 何か問題でもあるのだろうか?

「うちの孤児院にいる、錬金術師の職を頂いた孤児の子も、一緒に教えていただきたい……というのは、無理なお願いでしょうか？」

逆に、シスターから弟子の追加のお願いを受けてしまったのだ。

シスターの話によると、王都の孤児院で二人、他にも国内に何人かいるのだという。

「うちのアトリエで受け入れられる規模じゃないわよね……」

「……はい」

困ったな。

教えてあげたい。だけど、受け入れるのは難しい。

私とマーカスは顔を見合わせてしまう。

一方で錬金術師の職を頂いた子供が孤児院で必要な教育を受けられずにいる。その一方でポーションすら入手困難な村や町がある。

なにか、矛盾してない？

少なくとも普通のポーションって、ある程度までの病気や怪我《けが》を治す生活必需品とも言える。だから、職業神様はそれを作成出来る錬金術師の職を子供に授けるのだと思う。

だけど、それを授かった人間の世界では、その子達の育成が行き渡らず、十分にポーションが回っていない。国の末端にまで必要な物であるにもかかわらずだ。

これはなにか、新しい方法を考えて、解決しないと。

何かいい方法は……。

その前に、失礼かもしれないけれど、シスターに孤児院の経営状況についても詳しく尋ねてみた。

リリーと初めて会った日にも「厳しい」と聞いていたものの、この応接間に向かう途中に見た孤児達が、線の細い子が多く、身に付けるような物も粗末な物が多かった。そして冬だというのに、防寒具のような物は身に付けていなかった。だから余計に気になったのだ。

するとやはり、かなり厳しいとの返答が返ってきた。

この国の教会はお布施や寄付しか、主だった収入がないのだそうだ。

そういえば洗礼式って、教会の司祭様が『どんな小さな町村にも』行くのよね。

そして、孤児院には私塾がある……。

うん、なんかピンと来た！

「教会の私塾の仕組みを使って、錬金術師を育ててはいかがでしょう？　勿論《もちろん》、立ち上げ時期には私達が教師を務めます。けれど、育った錬金術師達は、ポーションを作れるようになるでしょう。そして教え合うことも出来るようになるはずです」

「私塾の仕組み……ですか？」

私の提案をまだよく飲み込めないようで、シスターが首を傾《かし》げた。

「そうです。その仕組みをもとにして、錬金術師を教育するのです。そして、彼らが作ったポーションを町や村へと運ぶのです。それは、教会の孤児院や私塾を運用していく上での財源となるでしょう」

「でも、いつ、誰がポーションを町や村へ運ぶのでしょう？」

逆にシスターに質問を返される。

「洗礼式です。年に二回、必ず司祭様達がどんな小さな町や村へも赴かれるじゃないですか！」

「「確かに！」」

シスターとマーカスは大きく頷く。

他国の物語として読んだことがある。他国の教会では、荘園《しょうえん》というものを持っていて、そこでぶどうや乳牛を育てて、ワインやチーズを作っていると。

教会なのだ。そんな一部の人にしか手に入らない贅沢品《ぜいたく》ではなく、人々を救う物を作ればいいじゃない！　教会がそれを生業として何が悪いというの？

私は、錬金術のために土地が欲しくなったら相談しなさいって、国王陛下におっしゃっていただいている。

そして私は、教会と協力して国民のための事業を新たに始めたい。だったら、交渉の余地があるのではないかしら？　土地の下賜先が私ではなくて、教会だとしても。

シスターに、その思いを伝える。

きっとその慈善を目的とした事業によって、やっとポーションを手に入れられるようになった人々が教会へ感謝するだろう。それはすなわち信仰へと繋《つな》がり、神もお喜びになるでしょうと。

また、その事業の収入は、今は苦しい孤児院経営を助けるだろう。

まだ幼い孤児院の子供達が、ひもじい思いをしたり、寒い冬に凍えて過ごしたりする必要もなくなるのだ。

「素晴らしいお考えですわ……！　ですが、私程度のシスターの身では、さすがに規模のご提案に対しての決裁権がございませんから……、少々お待ちくださいね！」

待っていてください、と私達にお願いしつつ、シスターは部屋をあとにした。

そうして、シスターが連れてきたのは、なんと枢機卿猊下《げいか》とダリアお姉様だった。

「シスターに聞いたわよ！　とんでもない話を持ち込んだって、あなただったのね！」

ダリアお姉様は私の顔を見るなり呆《あき》れ顔《がお》だ。

確かシスターは私達が姉妹だと知っていたはずだが、伝えそびれたらしい。

お姉様といえば、この秋に学院の入学試験を早期受験し、卒業相当のスキップ権を手に入れた。そして来年春からは、宮廷魔導師の見習いと、聖女としての研修をすることになっている。そのためにこの教会で勉強するのだという。

その打ち合わせのために、ちょうど枢機卿猊下の元を訪れていたらしい。

ソファの座る位置を、猊下を上座にして座り直し、話を始める。

「デイジー嬢。お話を伺いました。流石《さすが》は錬金術師として名高く、陛下に寵愛《ちょうあい》され、齢《よわい》十にして準男爵位を授かるだけのことはありますね。ひとりでは成せない事業を、どこで行えば効率が良いか、そして、既存の複数の問題を解決出来るかということまで判断し、結論に至るとは」

猊下は私の提案にご満足なさっているようだ。顔には笑みを浮かべ、私に向かって「素晴らしい」と称賛したあと、ご自身の胸に手を当ててそっと目を伏す。

「何より、自分が利を得ようとか、我々を利用しようという邪《よこしま》な想《おも》いがない。むしろどうすれば困窮する民、そして孤児院の子供達に至るまでを助けられるかと。ただただ、その優しき慈愛の心からの想い。私はあなたの心の気高さに感服いたしました。……神に愛される身であるのも納得です」

皆にはわからぬよう、『愛し子《いとご》』ということを暗喩していそうな言葉を口にされる。

あれ。猊下には、私が精霊王様の愛し子だということは伝えてないはずだけれど……。

さすがに教会の長《おさ》である猊下には、国王陛下からお伝えになったのかしら？　それともなにか『わかる』のかしら？

……と、今は私のことは置いておこう。

「猊下、この案を教会で行うには、ゆくゆくは大規模な薬草園を経営するための荘園が必要でしょう。また、流行り病などで急を要する場合、騎士団などに協力依頼することもあるでしょう。国王陛下に進言して、国の事業として考えていただけないか、ご相談してみてはいかがでしょう？」

お姉様が猊下に提案してくださる。

「そうだね、聖女ダリア。良き知恵をありがとう。早速陛下に具申してみることにしよう」

聖女であるダリアお姉様の提案で、国王陛下と枢機卿猊下が話し合いをすることが決まった。

それまでの間は、ルックは私達のアトリエから孤児院の私塾に通い、読み書きなどを習うことに決まった。錬金術を学ぶ前に、それを習得しておいた方が良いと判断したからだった。

◆

教会を訪ねたあと。

ルックがお世話になるのだからお布施をしたいと考えたのだけれど、お金でお布施するのもちょっと違うな、と思って考え直した。まあ、確かにお金は何にでも変えられるから、一番便利なのかもしれないけれど……。

どうせなら孤児院に預けられた子供達の生活が向上するような物を現物で寄付したい。

実際に孤児院にいる子供達を目にしたのもある。

だからまずは、孤児院の子供達のために、古着屋で大量の古着を買って寄付した。私達の国では服は高い物だから、平民は大抵古着屋で服を買う。貴族の私だってお姉様のお古育ちだ。

シスターと話をしに孤児院へ行った時に、孤児達があまりにも着古して継《つ》ぎ接《は》ぎで補った服を着ていた。そして、今は冬。寒い思いをしないで済むように、ニット物の防寒着を身につけられるようにしてあげたかった。

それから、シスターに聞くところによると、子供達は湯浴《ゆあ》みではなく水遊びで体を清めているのだという。さすがに、この冬にそれは辛いだろう。だから、魔道具式の加熱機能が付いた浴槽も贈る。きっと子供達も湯浴みなら入浴が嬉《うれ》しくなるだろう。

あとは食べ物。食べ盛りの子供達が満足出来るように、食料品店にお願いして、定期的に肉と豆を孤児院へ届けるよう手配した。もちろん請求先は私のところだ。

……やっぱり貴族らしく現金の方が良かったかしら？

決めたあと、ちょっとそんな思いも頭を掠《かす》めたのだが、子供達の生活に結び付いた贈り物に、彼らの面倒を見るシスターはとても喜んでくれた。私は後日、彼女からの感謝の手紙を受け取り、胸を撫《な》で下ろすのだった。

◆

そして、国王陛下と枢機卿猊下の話し合いの日が来た。

関係者として、私とダリアお姉様、子供達を私塾でみているという理由でシスターも同席した。他に、宰相閣下や財務卿、侍従長も同席している。

「それで、今回の話は、教会孤児院の私塾を拡大して、錬金術を教えられるようにしたいと。そしてゆくゆくは、教会が錬金工房を持ち、錬金術師がおらず、病や怪我の治癒体制が整っていない町や村に配れるようにしたいという話でしたな」

宰相閣下が、本日の主題を確認される。

枢機卿猊下がそれに頷かれた。

「錬金術を学んだ者の進路は、自由選択なのだな?」

国王陛下が確認される。

「はい。例えば、親の死によって学ぶ師を失ったような子は、実家に戻り、親の残したアトリエで自営すれば良いでしょう。自分のアトリエを持たず、教会の錬金術師として職を得たい子は、教会に残り、我々の事業に協力をしてもらおうと思っています。勿論、給金は支給します。将来独立しようというのも、咎《とが》め立てはしません」

猊下の回答に、陛下が満足気に頷かれる。

「デイジー。教会の新しい事業向けに、何を教えるつもりかな？」

陛下が私にお尋ねになる。

「はい。まずは畑の作り方から教えたいと思っています。そして栄養剤と豊かな土という、畑に栄養を与える物の作り方を教えます。錬金術師が自分で薬草畑を持てば、薬草採取で魔獣と遭遇して、思わぬ事故に遭うこともなくなりましょう」

陛下が頷《うなず》いて続きを促されるので、私はそのまま続けて構想を語る。

「そして、地方の町や村で最低限必要になりそうな、普通のポーションと、解毒ポーション、マナポーション、ハイポーションの、四種類のポーションの作り方を習得させます。修了時に地方へ戻る子には、薬草の種を支給するつもりです」

私の言葉に、陛下も猊下も満足そうに頷かれた。

「猊下、貴方《あなた》の申し出を無下にするつもりはないのですが、『学校』については、国が平民でも入学可能なものを建てようと思っていたのですよ」

私は陛下の意図がわからず首を捻る。それを見て、陛下が笑って教えてくださった。

「デイジー、一応この国は猊下のお伝えするガリアス教が国教と定まっている。みな、表向きはそれに従っている。だけどね、本当に人が心に持つ宗教はそれだけとは限らないのだよ。例えば、止《や》むを得《え》ず故郷を捨てた移民もいるし、小さな集落では土着の神を信ずる者もいる」

「……なるほど、だから、学校は教会のものでは足りないとおっしゃるのですね」

うん、と陛下は頷かれる。

私はまた、一つ世の中のことを知った。

「私は国民の識字率を上げたいと思っている。そのためには、教育機関は宗教から離れたところにないと全ての国民には行き渡らない。そう私は思っているのだよ。猊下、如何《いかが》でしょう？」

「陛下のおっしゃるとおりです。我々は、神の教えと共に読み書き計算を教える私塾を持っています。ですが、陛下の新たに設立されようとする学校と両立はしても、お互いの邪魔にはなりますまい。学ぶ者が、自由に選べば良きこと」

そのあとは、陛下が猊下に、『国民のための学校』のあり方について望みを伝えていく。

「錬金術を教える機能も国の学校の方に置き、選択科目、もしくはそれのみの受講も可能にしたいのです」

「ほう」

「ただし、錬金術師がいない地方で開業しようとする者、もしくは教会の下で、薬剤の地方普及のために働こうとする者には、無償で教育を受けられるよう、奨学金制度を設けようと思っております。猊下の教会の孤児院にいる子供も、一定期間教会の下で勤めるのであれば、無償で就学可能です」

「……それは、良い。本当に良いお考えですな」

陛下の提案に、猊下が目を細められる。

こうして、『錬金術科』付きの『国民学校』が設立されることになった。

「ところでデイジー、君はアトリエをやめて教師をしたいかい？」

突然陛下が私に向かって問いかけてこられた。


……学校のことを言い出したのは私。でも……。


「自ら提案をしておきながら、我儘《わがまま》なのは承知です。ですが、私の望みは、自由にアトリエを経営すること。私は私のアトリエも愛《いと》しいのです。それと、私はまだ十歳。親御さんが子供を預けようと思っていただけるかどうか、……自信がありません」

私は、申し訳なさに思わず下を向いて俯《うつむ》いてしまう。

精霊や妖精達が守ってくれる畑、そしてマーカス達と営むアトリエ。それを思い出すと、あの時間を手放したくないと思うのも、本心だった。

そんな私を見て、陛下は意外にもくすくすとお笑いになる。

「わかっているよ。大丈夫、顔を上げなさい。君のことは五歳の時から知っているのだからね」

そうして、ニッコリ笑いかけてくださる。

私は、顔は上げたものの、訳がわからず、首を捻《ひね》る。

そんな陛下は、宰相閣下に視線を送り、説明を促す。

「錬金術科の教師は、国の方で適任者を選定しましょう。才能あるとはいえ齢十歳の少女では、侮られて不本意な思いをすることもあるでしょう。また、デイジー嬢には、教師として小さく収まらずに、自由に研究してほしいと陛下もお望みです。ただし一つ、お願いがあるのです」

……はて、なんだろう？

「『教科書』の原案を作っていただきたいのです」

えっと。『教科書』とはなんだろう？

そういえば、私は勉強を自宅での家庭教師からの教えで修めてしまったから、学校に行ったことはない。『学校』という仕組みが、そもそもいまいち具体的にはわかっていなかった。

「『学校』で使う教材、教本のことですよ」

そんな私に、宰相閣下が噛《か》み砕《くだ》いて教えてくださった。

なるほど、それを『教科書』と言うのね。

「それならば、過去の先達達の書かれた錬金術の初級本で良いのではありませんか？ ……あ、いえ、なるほど。あれは、どこに何が書かれているのか探すことから苦労しますし、素材の使用量等を筆頭に、具体的な記述が少なかったりしますね。本によりそれぞれです」

そう、だから私はさんざん苦労したじゃない。

栄養剤なんて、なんて記述が酷《ひど》かったことか！

「そうなのだよ。だから、これを君に一つ譲ろう。これは『上皿天秤《てんびん》』という重さを量る器具。そして、重さの単位を定めて『エイト』とするつもりだ」

そうして、宰相閣下のそばに控えていたお付きの方から、私にその天秤を渡される。

私は天秤といえば、吊《つ》り下げ天秤という形の違う物だったから、これにまず興味を持った。

「この平らな皿の片方に、重さを量りたい物を置きます。このように……」

私が受け取った天秤を机の上に載せると、侍従長が用意していたように金貨を一枚載せる。

「そして、反対の皿には新たに陛下が技師に作らせた『分銅』という重さの基準になる物を載せます。分銅は手でお触りにならないように。錆《さ》びて重さが変わってしまいますので。このように、ピンセット、もしくは手袋をお使いください」

侍従長が、木の箱を出してきてそれを開ける。中には円筒形の金属が入っていた。そして、その中から一つピンセットで挟み取って、皿の上に載せる。その『分銅』には30という数字が書かれていた。

いつぞや幼い頃に、あの挟む小道具が欲しくて「毛抜き！」と叫んでいたけれど、ピンセットという名前があったらしい（ちょっと思い出して恥ずかしい）。

「未使用の金貨一枚が30エイト。これが基準値です。また、金貨ごとに製造時の微細な誤差もありますから、基準となる金貨を一枚に決め、それを厳重に保管しています」

そう説明して、お付きの方は金貨と分銅をしまい、宰相閣下の後ろに戻った。

「すごいわ！　これなら、『教科書』に、その必要量が記載されていれば、誰でも同じ分量の素材を使って薬剤を作れるのですね！」

なんて革新的なのだろう！　私は感動で思わず胸に手を添える。

陛下は感動して色んな角度から『分銅』を眺める私を微笑ましそうに見守っていた。

「デイジー、驚くのはまだ早い。もう一つ君をびっくりさせる物があるのだよ」

そう言って陛下が、さっきの侍従長に目配せをすると、彼は一冊の本を『天秤』の横に置いた。

「本、ですか？」

「中を開いてよく見てご覧」

陛下に促されて本を開くと、私が知っている写本ではない、インクか何かで字を揃えて印刷してある文章が目に入る。

「陛下、これは……」

「『活版印刷』というものを職人に開発させたのだ。この国の文字を一つ一つ彫り出した物を作らせて、印刷したい文章の順に並べて印刷する……そういう新しい製本技術だよ。これで、本は写本頼りだった頃よりも、大量生産出来るようになり、人々の手に本を安く供給することが出来る」

「……もしかして、庶民でも『教科書』を筆頭に、本を買うことが可能になるのでしょうか……？」

「そうなって欲しいと思っている」

そう言って、陛下はにっこりと微笑まれた。


……凄《すご》い、凄いわ！　庶民どころか貴族ですら本を新しく買うのには躊躇《ためら》うものだったのに、それが、普通に皆が買えるようになるかもしれない！　なんて素晴らしいの！

「ああそうだ、デイジー。教科書に書く製品の品質は、一般品の品質で作れるようにして欲しいのだ」

……ん？　どういうことかしら？　なぜあえて一般品を作らせるのだろう？

不意にかけられた陛下のお言葉に、私は首を捻る。

「君の、二倍品質の薬剤は素晴らしい。だけど、それだと庶民には値段が高すぎるのだよ。人によって求める物が違う、それはわかるかい？」

「あっ！　確かにそうですね……！　ポーションが安定して手に入らない地方の住民のための施策でしたね。そもそも、風邪や一般的な怪我《けが》であれば、一般品でも治せますね」

そうか、いつも私はだいたい一般品を上回る薬剤を作ってしまう。だけど、それでは庶民の手に届かないのだ。

こうして私は、『錬金術科』の『教科書』を作ることになったのだ。

◆

私は話し合いを終えてアトリエに帰ってきた。

頂いた天秤と分銅の入った箱を実験室の器材置き場に置く。

そして、教科書の原案を書こうと思ったんだけど……。

「ねえマーカス。今度出来る『国民学校』の『錬金術科』の教科書作りを陛下から依頼されたんだけど、普通品質のポーションってどう作るのかしら？」

「……そういえば、デイジー様のポーションは品質が良いのが前提みたいなものですから、作ってみたことはありませんね」

私の問いかけに、マーカスもはたと気づいたとばかりに、一緒に首を捻《ひね》ってしまう。

「そういえばなんですか、これ。それに、この木の箱に書いてある、『エイト』って文字とか……」

「『上皿天秤』っていう、重さを量る計器なんですって。『エイト』っていうのは、国で決めた重さの単位なんだそうよ」

私は新しい金貨と、ピンセットを使って分銅を載せて、30という数字を指し示す分銅を指さす。

「未使用の金貨一枚の重さが基準で、30エイトよ」

「これがあれば、確かに物の分量を他人に正確に伝えることが出来ますね」

へえ〜、と言って、正面や横から天秤の造りを興味深そうに覗《のぞ》き込むマーカス。

「分銅は素手で触ると錆びて重さが変わるから、この『ピンセット』を使ってね」

私はピンセットを自慢げにマーカスに見せる。

「お嬢様、それは『毛抜き』って以前呼んでましたよね？」

む。ここで私の黒歴史を穿《ほじく》り返《かえ》すなんて。

私は知らないふりをした。

そんな私にマーカスは軽い苦笑いをしただけで、話題を逸《そ》らしてくれた。

「ところでデイジー様。教科書にはどこからどこまでを書かれるおつもりですか？」

あ、そうか。マーカスにちゃんと伝えていなかったわね。

「豊かな土とかを使った薬草畑の作り方と、その素材を使ってポーション、解毒ポーション、マナポーション、ハイポーションの作り方までかしら。素材を裏の畑から採ってきて、どれくらいの量が必要か実験しないとね」

そう答えると、マーカスが腕を組んで「うーん」と唸《うな》る。

はて？　私はおかしなことを言ったかしら？

「デイジー様。ちょっと一緒に裏の畑へ行きましょうか。気づかないのでしたら、現実を見た方がいい」

そう言われて私はマーカスと共に、畑を見に行くことになった。

そこに広がっていたのは、普通の人なら目を疑うような、非現実的な空間だった。

妖精が飛び交い、せっせと薬草の世話をする。

精霊が何やら薬草に魔力を注ぐと、萎《しお》れた薬草の葉はみるみる色味を増していく。

マンドラゴラはご機嫌で歌を歌い、それに合わせて心地良さそうに世界樹が揺れる。

もう冬だというのに、畑はまるで常春のようだった。

「うわあ」

「わかりましたよね、デイジー様。ここの薬草達は、教科書を作るにあたって、基準に出来る素材ではありません」

私は納得してがくりと項垂《うなだ》れた。

……土づくりから再現……。

最低その土で一回は種継したいし……。

まあ、学校の建設にも時間がかかるから、時間はあるのか、なあ……？

そんな時、実家の馬車がアトリエの前に止まったのに気がついた。

ドアが開き、私を探すリリーの声が聞こえてくる。

「デイジーおねえさまぁ！」

なんだろう？

最近はリリー自身の気持ちが落ち着いてきた。そして、例の離れの小屋を私が実家にいた頃のように実験室に戻し、リリーの物とした。そして、確か、ダンと一緒に作業方法を教えながら、畑も作ったはず。

彼女は自分がやりたい時に、自分で試行錯誤しながら錬金術を実践している。勿論、私と同様に、実験にはケイトの付き添いが必要だけれど。

だから、リリーの急な訪問も減っていた。

将来自立した錬金術師になるためには、私に寄りかかって学ぶだけではダメ。試行錯誤することも、将来の彼女の糧となるはずだから。

という訳で、来るにはなにか理由があるはずだ。

……何かあったのかしら？


やっと畑にいる私とマーカスを探しあてたリリーが姿を現す。

「いらっしゃい、リリー。何か困ったことでもあったの？」

「いらっしゃいませ、リリー様」

リリーは、私達から挨拶の言葉を受けながら、ポシェットからポーション瓶を取り出す。

……あれ？

その普通のポーションの性能は、一般品の1・3倍品質だった。ようするに、ほとんど一般品なのだ。

「私があげた種で素材を育てて、ポーションを作ったのよね？」

リリーに問いかけながら、首を傾ける。

「はい、いっかい、たねつぎを、したものです。でも、なんだかはっぱたちも、ここと おなじじゃなくて。なんか、ふつうに、げんきというか……」

「……作ってみても、この品質ということね」

リリーがこくんと頷く。

そこに、精霊の女の子がやってきた。

「そりゃそうよ。リリーには緑の聖霊王様の加護はないんだもの。一回覗いたけれど、リリーの畑には妖精も世界樹もマンドラゴラだっていないんだし！　育つ素材の質が違うわ」

それを聞いて、私とマーカスが顔を合わせる。

「「それよ（です）！」」

おそらく、豊かな土を土台とした一般的な畑はリリーの畑。きっとそこの素材なら、教科書の基準として使えるはずだわ！

「あれ、わたし、おねえさまの、おやくにたてましたか？」

同じ品質にならないことを相談しに来たのに、なぜか私とマーカスが喜んでいる。リリーは、不思議そうな顔をしていた。

「うん、リリーはちゃんと『普通に』薬草を育てられているわ。ねえ、お願いがあるんだけれど、リリーの育てた薬草達や実験室を時々借りられないかしら？」

私はリリーの目の高さにしゃがんで、彼女の頭を撫《な》でる。

「もちろんです、おねえさま！」

こうして私達は、リリーの畑という、常識的な畑を見つけることが出来たのだった。

「……試しにやってみようかしら」

そう言って、私はリリーとマーカスと一緒に実家に帰り、薬草畑を経由してから実験室に入った。

一般品に近づけようということで、素材は1・3で割った量を計算する。

上皿天秤でその量の癒《いや》し草と魔力草を計りとる。

蒸留水と、癒し草と魔力草の重さは、『教科書』に記すためにメモをした。

苦味が出ないように下処理をして……と、いつもの手順でポーションを作っていく。

【ポーション】
分類：薬品　　品質：普通（マイナス1）　　レア：D
詳細：少し品質の落ちる一般品。ほのかな甘味《あまみ》を感じる。
気持ち：普通のお値段払って僕だったらガッカリだね。

「ちょっと悪い物が出来ましたね」

「分量はただ単に品質の割合で減らしただけじゃだめってことね」

マーカスと二人、出来上がった品を確認する。

「うーん。あとは、アトリエの畑と違って、季節による素材の状態も考慮しないといけないかもしれませんね」

「そうね。今日使った葉達は、枯れてはいないけれどだいぶ元気がなかったものね」

「でもそうすると、何をもって鑑定は一般品と言っているんでしょうね？」

マーカスが、ふと思い付いたように口にする。

「なにか基準でも持っているのかしら？」

まさか、国内の統計を採っているなんてこと、ないわよね？

でも、それだと、普通に野に生えている野草ならば、その年の気候や季節によっていくらでも品質は変わるはず。何かしら鑑定なりの基準があると考えるのが妥当そうだ。

と言っても、鑑定からの回答はないのだが。

「うーん、どうしよう。そうね……、納品先によっては鑑定を使ったチェックが入るのだから、鑑定での結果を基準にした方が良いかしらね」

そして、素材に季節による品質の差があるということは、そこもきちんと教科書でフォローしなければいけないだろう。そう考えると、これは一年がかりでの仕事になりそうだ。

書く分量自体はそう多くはない。ただし、こつこつ数字拾いをする必要があるみたい。

ちなみに、私はこの教科書にこっそり願いを込めることにした。

教科書の最後に、この方法で薬剤を作る場合、成分を濃くすればもっと良い品質の物が出来るということを、こっそり書き記しておく。

きっと、たくさんの人がこの教科書を手に取るようになる頃には、もっと良い品質の物を取り扱う人が出てくるだろう。そうしたら、いつか一般品の基準自体が引き上がるかもしれない。

もちろん既存業者達も手に取るほどになったら。そうしたら、国のみんなが今よりいい物を今の値段で買えるようになるかもしれない。

少し、遠い未来に夢を見たっていいわよね。

だって私はまだ夢見ることが仕事の子供なんだもの。

第十章　アトリエの新たな日常

そうして、私の日常に『教科書作り』という仕事が加わった。

アトリエ経営、ドレイク再戦計画のための素材採取と、魔剣や魔装備作り。そして、国民学校設立に向けた教科書執筆。そのための、一年かけたデータ採取。


……なかなかに忙しいわね。


でも、私の気力は十分に満ちあふれている。

ルックの元気な声がする。

「ただいま戻りました！」

ルックは国民学校が出来るまでの間、教会の私塾に通っている。

朝、ミィナが作ってくれた朝食をアトリエのみんなと一緒に食べ、教会の私塾に向かう。

私からの支援もあってか、教会の私塾では、通学する子にもお昼ご飯を食べさせることが出来るようになったそうだ。だから、ルックはお昼ご飯を私塾の学友達と共にとり、午後のまだ陽《ひ》の高いうちにアトリエに帰ってくる。

「ルック、お帰り。これからポーションを作りをするけれど、見るかい？」

そんな生活を送るルックを出迎えて、マーカスが声をかけた。

「はいっ！」

これから、ルックが錬金術師となるのを支援していくということもあって、私はちょっと鑑定で見させてもらった。その結果、彼には特別なスキルや加護が見当たらなかった。なので、マーカスと二人で相談して、彼にはまだ読み書き計算といった基礎学習に勤《いそ》しんでもらうことに決めた。

ただ、実際に自分で実験しないとしても、積極的に見学に誘うことにした。私やマーカスの実験を見学したり手伝ったりすることは、きっと彼にとって先々役に立つだろう。

「マーカスさん。ポーションを作るなら、器材の準備をさせてください！」

早速ルックが、必要な器材の準備のお手伝いを申し出ていた。

パン工房へ行くと、ちょうど持ち帰りのお客さんと、お店で食べていきたいお客さんが一緒に来店したみたい。

「こちらの二点でよろしいですか？」

アリエルが、笑顔で持ち帰り客に対応していた。

「苺《いちご》ジャムのデニッシュと、ソーセージのぐるぐるパンをお一つずつ。温かい紅茶を二つでよろしいですか？」

「ああ、それでお願いするよ」

「かしこまりました」

ミィナが、飲食用の席に腰掛けるお客さん二人に注文をとっている。彼女は一礼すると、スカートを軽やかに翻して店の奥へと消えていく。

畑の様子も見たいわね。ついでに夕方のお水やりをしようかしら。私は、アトリエの表から出て、裏にある畑へ足を運ぶ。

「デイジー！」

精霊さんが、ぱぁぁっと満面の笑顔で迎えてくれた。

「夕方のお水やりに来たのよ」

そうして、じょうろが置いてある棚へ向かう。水魔法でその中を水で満たしてから手に取った。

「世界樹さん、調子はどう？」

「ここの畑はとても過ごしやすいよ！」

すると冬だというのに、ふわりと暖かな風が吹いて、カサカサと世界樹の葉が揺れる。

次はマンドラゴラさんかな。畑を移動する私の周りで妖精さん達が踊り、一緒に移動する。

「マンドラゴラさん、元気に過ごせているかしら？」

「世界樹さんが来てから、ますます気持ちの良い畑になったよ」

「ララ〜♪」

赤と青の違った色のマンドラゴラさんが、軽やかに合唱する。

そのあとも、私は移動しながら畑の全部に水を撒《ま》いて回った。

「デイジー、ありがとう！」

妖精さん達と一緒に見守ってくれていた精霊さんが、ちゅっと私の頬《ほお》にキスをする。

「こちらこそ、いつも畑を見守ってくれてありがとう」

私もお返しに彼女にキスをする。

水を撒き終わる頃には、日はだいぶん傾き、オレンジ色のおひさまの光が畑を照らしていた。私はそのおひさまを目を細めて眺めてから、じょうろを片付けにいく。

「デイジー、また明日ね」

「うん、また明日」

精霊さんと妖精さん達に手を振る。そろそろ閉店準備の時間が近い。

みんなと一緒に、閉店準備をしないと！

「デイジーちゃん、また明日！」

畑から出て、外回りにアトリエに戻ろうと通りに出ると、四階を増築しにきてくれている職人さん達が、私に帰宅の挨拶をして帰途について行く。

私は彼らの背中を見送った。

「明日もいい日になりますように！」

そう思いながら、私はアトリエに戻るのだった。

逃亡者達の後日譚　贖《あがな》いと救いの道

デイジーの兄レームスと姉ダリアに半ば奪われるような形で、賢者と聖女の職を神から剥奪《はくだつ》され、それに納得出来ずに決闘を申し込んで敗れたアドルフとフィデス。彼らは、ザルテンブルグの王都からアドルフの転移魔法で逃れたあと、逃亡の日々を続けていた。

彼らは、ザルテンブルグ王国と隣接する同盟国のハイムシュタット公国を経由して、シュヴァルツリッター帝国に新天地を求めて日々移動していた。

けれど、世間知らずの彼らの逃亡生活は生易しいものではなかった。

着の身着のままで王都から脱出した彼らは、たいした持ち合わせもなかった。

彼らの身につけている貴族服は、みるみるうちに薄汚れてくたびれていく。

さらにタイミングの悪いことに、彼らが逃亡したのは秋にもなろうかという頃で、日が経《た》つにつれ、冬の気配が忍び寄ってくるのだ。

彼らは、世間知らずの貴族の子供に過ぎなかった。

防寒具を手に入れることもままならず、やがて訪れる冬を乗り越えられるかも怪しかった。彼らに唯一与えられた温《ぬく》もりは、アドルフが火魔法で起こす焚《た》き火《び》だけ。

食べ物といえば、獣を仕留めて、アドルフの火魔法で焼けばなんとか食べることが出来たけれど、塩もないので、それは口にすると生臭く、獣の匂いで顔をしかめたくなるような代物だった。

それ以前にまず、捌《さば》くということを知らなかったので、うっかり内臓をそのままにして焼いた魚や鶏は、食べられたものではなかった。

彼らが王都の実家で、テーブルにつくと当たり前のように供された日々の食事は、何をどうしたらあのようなものが出来たのか、想像もつかなかった。

また逃亡者という身ゆえに、冒険者ギルドや商業ギルドの窓口で引き取ってもらって、狩った獣を捌いてもらったり買い取ってもらったりということも不可能だった。

明らかに訳ありといった様子の彼らが相手にしてもらえるのは、非合法で取引をする闇商人ばかり。彼らは、手間賃やら取引料だと言ってはまともな値段で買い取ってくれない。足元を見られたアドルフとフィデスの手に残るのは、僅かな金と最低限の食糧だった。

そんな逃亡の日々を続ける中、とうとうフィデスがアドルフに苦言を呈した。

「もういや！」

フィデスが、逃亡を続けることを拒否した。

「ねえ、アドルフ。もう逃げるのはやめましょうよ。逃げることはなんの解決にもならないわ。きちんと神と国に謝罪して、悔い改めるべきだと思うの」

「フィデス！」

あともう少しで目指す国シュヴァルツリッター帝国との境というところで、フィデスが国境を越えることに反対を示したのだ。

アドルフにドンッと肩を強く押され、フィデスはその場に倒れ込んでしまう。

すでにくたびれた服も、ついた手も土まみれだ。

アドルフの行為に、眉間に皺《しわ》を寄せ非難する。

「何を……」

彼らが言い争いになる、少し前。

二人はさっき、ザルテンブルグ王国と隣接する同盟国のハイムシュタット公国と、シュヴァルツリッター帝国との国境で、奴隷という存在を目にしたのだ。

奴隷達は荷運び用のボロ馬車に乗せられ揺られていく。骨が露《あらわ》な状態にまで痩せていて、足と手を鎖で全員繋《つな》がれていた。逃げられないように拘束するために。彼らの目はうつろだった。

奴隷はザルテンブルグ王国同様、ハイムシュタット公国でも非合法な存在だ。

けれど、奴隷を合法とする国との隣接国であるハイムシュタット公国では、闇ルートでの奴隷取引を完全に取り締まれていない。闇金貸しや子供の間引き目的。そんな理由で奴隷の身に堕《お》ちた者達が、奴隷使役が合法なシュヴァルツリッター帝国へ闇ルートで運ばれるのだ。

アドルフとフィデスは、初めてそれを目の当たりにした。

生まれた国、ザルテンブルグには存在し得なかった、非合法の存在。それが、外にはあることを初めて知った。

それを見て、厳しい逃亡生活を続けてきたフィデスが国に帰りたいと言い出したのだ。

「私はあまりにも物知らずだったわ。優しいお父様とお母様の元に生まれて、家に仕えてくれる者達に甘やかされて育ってきた。欲しい物はなんでも与えてもらえた。でも、食べる物や着る物にも困って生きる人達がいるなんて、自分がそうなってみるまで気づかなかったの。世の中にこんな酷《ひど》い現実もあるなんて知らなかった。いいえ、見ようとすらしなかったの！」

「フィデス、急に何を言いだ……」

アドルフはフィデスの突然の訴えにうろたえた。

「私は。……私はっ。神に奇跡の力を与えられたというのに、まだ何も人のためにその力を役に立てたことはないわ。いいえ、そもそも、そんなこと考えたことすらもなかったの！　そんな私が、自分のしたことを顧みずにこのまま生きていていいとは思えない！　何を今更って言うんでしょう？　でも、今からでも私はああいう人たちのために少しの役にでも立ちたいのよ！」

フィデスは、アドルフの心をなんとかして動かそうと訴えていた。

「アドルフ。あなたにも素晴らしい力がまだあるはず。ねえ、一緒に国に戻って謝りましょうよ！」

フィデスがアドルフを促そうとするが、彼は既に腹を括《くく》っていた。

「フィデス、お前はまだいい。お前は新しい聖女に喧嘩《けんか》を売っただけ。……だけど僕は違う。国王と枢機卿の前で、禁忌である悪魔を召喚したんだよ！　シュヴァルツリッター以外のどこに、逃げる場があると思う⁉」

アドルフのその叩《たた》き付けるような叫びに、フィデスは、はっと息を飲む。

「……お前には、まだ救いようがある。行きたいなら一人で行けよ」

アドルフが、そう言って、フィデスの肩を再度打つ。

「……アドルフ」

名を呼んでも、彼女はアドルフに拒絶の言葉と共に足蹴にされるだけだった。

「アドルフ！　私も一緒に謝罪するから……！」

再び訴えても、返ってくるのは同じ痛みだけ。

彼には、故国での救いの余地がない。それを、彼自身がよく知っていたから。

「……お前は、まだ、平穏な国で生きる術があるだろう」

アドルフは考えを改めていた。ここまで彼女を引《ひ》き摺《ず》り込んだけれど、彼女は救いのないところまで堕ちる必要のない娘だと。

そして、彼女を自分から解放することが、自分に出来る最後の人らしい行為なのだろうと。

「アドルフ！」

アドルフにとってフィデスの叫びは、もう耳障りでしかなかった。

「お前を解放してやると言っているんだから、さっさと逃げろよ！」

それが、最後の自分の良心から出来る行為だろう。

目指す方向にはどす黒い暗雲が立ち込めていて、その中で雷鳴が轟《とどろ》き無数の稲光が光っている。

まるでそれは、彼の道行を知らしめるようだ。

彼《か》の国を目指す彼は、唇を噛《か》み締《し》めて覚悟する。

でも、彼女は必要ない、そう自分に言い聞かせて、アドルフは首を横に振る。

「行けよ！　目ざわりだ！　僕の前から失《う》せろ！」

そんな言葉が、彼が人に対しての労《いたわ》りをもって言える、最後の言葉だった。

……僕は、堕ち切るしかない。

そう、アドルフは覚悟していた。

でも、せめて目の前のフィデスにはまともな人生を送らせたいと。

そう思い、罵倒し、彼女がその場を離れるまで、蹴り飛ばし続けた。

「痛い！」

フィデスが、度重なるアドルフからの暴力によって、とうとう地に倒れてしまった、その時。

「……お前は、生きろ」

そう言って、アドルフは転移を使い、フィデスの前から姿を消してしまった。

「……っ、アドルフのバカっ！　バカ――っ！」

倒れ伏したまま、地に突っ伏してフィデスは号泣した。寒風吹きさらす中、乾いた大地に落ちた涙が、そこに無数の染みを描いていく。

フィデスは彼の先を憂い、泣いて泣いて泣いた。

その涙すら枯れ果てた頃、彼女は気だるそうにノロノロ立ち上がった。

近くで獣の呻《うめ》き声《ごえ》がしたからだ。

ワーウルフ。それは普通の狼《おおかみ》よりも二回りほど大きい魔獣だ。それが一匹、フィデスを獲物にしようと狙いを定めていた。フィデスは自分を狙う獣の気配を感じとった。

「アドルフに助けてもらった命、あなたなんかにあげられないのよっ！　光の矢《ライトニングアロー》！」

そう、あの子。私を打ち負かしたあの子のように。

無駄なことはせずに、初級魔法を無駄なく撃てるだけ撃ち続けて、数で相手を圧倒する。

「……生きるんだから！」

けれど撃ち続ける魔法の矢を掻《か》い潜《くぐ》ったワーウルフが、フィデスめがけて突っ込んできた。

彼女はまだたった十四歳の少女だ。回避能力は大して優れてはいない。

避《よ》けようと横に外れたが、避けきれなかった。

「っ！　痛った……」

ワーウルフの牙によって、ワンピースのスカートの布地が裂け、露になった彼女の太腿《ふともも》から赤い血が流れ、布に赤い染みを作る。

でもまだ動ける。回復より、倒す方を優先するわ！

そう判断したフィデスが、ワーウルフに向かって再度手をかざす。

「光の矢《ライトニングアロー》！　光の矢《ライトニングアロー》！　光の矢《ライトニングアロー》！」

無数に撃ち続けた矢のうちの数本が、ワーウルフの前足を切り裂く。ワーウルフは、どうっと地面に崩れ落ちた。

「は……。なんとかなったわ……。戦い方って、あるのね」

ワーウルフに近寄って、最後に一発、頸動脈《けいどうみゃく》がある辺りに魔法を撃ち込み、フィデスはようやくそれを絶命させた。

フィデスはそれまで、いかに華やかな上位魔法を撃てるようになるか、そればかりに気を取られていた。

……でも、それじゃ生きていけないのね。

フィデスは考えを改め直した。

けれど、頼みの綱だったアドルフもいない。フィデスだけでは火も起こせなかった。あの不味《まず》かった食事にすら事欠くのだ。

「ヒール」

ひとまず、フィデスは太腿に負った怪我《けが》を治療する。

とりあえず、人通りのあるところに出て、これを物々交換してくれるか、買ってもらえるか交渉しようかしら。彼女はワーウルフの死骸を両手で持ち上げる。

いつまでもここにいたら夜になってしまう。フィデスは、地平線を目指して沈みゆく太陽を、目を細めて見つめた。人気のないここは、もうじき魔獣達の狩場になるだろう。

そう考え、フィデスはワーウルフの死骸をずるずると引きずりながら歩き出したのだった。

そうして、冷たい風が吹き付ける中、彼女は歩き続けた。

すると、ふと、行く手に古ぼけた教会があるのを見つけた。

神に祈りを、犯した過ちを悔いていることを、祈りたい。それにもう日が沈んでしまった。もし可能だったら、一晩だけでも宿を乞いたい……。

そう思って、フィデスは、その教会に向かった。

教会の入口に到着して、そこにワーウルフの死骸を下ろす。

彼女は、ギィ、と古く重い扉を開けた。

「どなたか、いらっしゃいませんか？」

寂れた小さな教会の礼拝堂に、フィデスの声が響く。

すると、奥からコツコツと木の床を人が歩く音が聞こえてきた。

「こんな時間に、どうしましたか？　ずいぶんお疲れのようですね」

着古した神父服を着た、二十代半ばと思《おぼ》しき男性が、姿を現す。彼は穏やかな声でフィデスに用向きを尋ねた。

「神に祈りを捧《ささ》げさせていただきたいのです。そして、外にワーウルフの死骸があります。それを、食べ物と交換していただけないかと。そして、一晩だけ隅で良いので、夜露を凌《しの》がせて欲しいのです……」

フィデスは神父と思しき人物に頭を下げた。

生きるためとはいえ、世間知らずだった自分が人に頭を下げることが出来るようになるなんて、と、フィデスは自嘲気味に苦笑いを浮かべる。

「女性お一人です。そしてその服装。ご事情がありそうですね。ああ、そうだ。ここは私の教会という訳ではないので、遠慮は無用ですよ。どうやら、ここは遺棄された教会のようですね」

その男に指摘されて、ようやくフィデスは破れて太ももが露になってしまった自分の服に気づき赤面する。そして彼の「自分の教会ではない」という発言にうろたえる。

「見知らぬ男性に気を許しても大丈夫なのだろうか」という不安が、彼女の顔を曇らせる。

「大丈夫。危害を加えようなんて思っていない。女の子が、こんな時間にそんな姿でいてはいけないよ。女性物の服を探してくるから、腰をおろしているといい」

そう言って礼拝堂の奥に下がったその男が、平民女性が着るような簡素なワンピースを手に戻ってきた。フィデスは別室で着替えさせてもらうことにした。

そのあと、フィデスは礼拝堂の中央に置かれた、創造神の小さな石像の前で両手を組み、黙祷《もくとう》し祈りを捧げた。神への謝罪と祈りと迷い、そして自分と向き合い対話する、長い長い祈りだ。

ようやく祈りを終えたフィデスが、背後で見守っていた男の方へと振り返る。

「……罪は、罪は消すことが出来ると思いますか？」

すると、男は哀れむような、慈しむような表情を浮かべる。けれど、彼は首を横に振った。

それを見て、フィデスは俯く。そして二人の間には、ただ沈黙だけが場を支配した。小さな創造神だけが二人を見守っていた。

「……贖《あがな》いという言葉を知っているかい？」

男が口を開く。

「……知り、ません……」

俯《うつむ》いたまま、フィデスは首を横に振った。

「犯した罪は消えない。罪に限らず、自分の行動には責任が伴うんだ。そして、その事実は事実として残る」

「……責任」

甘やかされた貴族の娘として育ったフィデスに、そんなことを教えてくれる者はいなかった。いや、いたのかもしれない。幼かった彼女が、ただ単に興味を持たなかっただけで。

「話を戻そう。贖《あがな》いとはね、罪や過ちの償いをすることをいう古い言葉だ。罪は消せない。けれど、償うことは出来る……、と私は思っているよ。もちろん、死をもって罪を償う、最後の選択肢もあるけれどね」

「……償い」

この男は、私に知らなかったことばかりを教えてくれる、そうフィデスは思った。

フィデスが顔を上げ、彼と目が合うと、彼は苦笑いを浮かべる。そして再び口を開いた。

「偉そうなことを言いながら、済まない。先ほど言ったとおりここは私の教会ではないし、私は神父ではない。ただの贖罪《しょくざい》中の男だよ」

その告白に、フィデスは幾ばくかの驚きをもって、自分の胸に手をあてる。

「私は少々回復魔法が使えるんだ。だから、こういった辺境の、治療がままならない地域を回って生きているだけの、ただの元罪人だよ」

続く男の言葉に、「……え」と声を漏らして、フィデスが大きく目を見開く。

「騙《だま》すつもりはなかったんだ。私も、魔獣に襲われて服をダメにしてしまってね。ここに遺棄されていた神父服をお借りしていたって次第なんだ」

そう言って、彼は肩をすくめた。

「私は、一つのパンを盗んだんだ。家がとても貧しくてね。家族が、幼い子が飢えていてとても冬を越えられそうになかったんだよ。だけど刑期を終えて戻った家には誰もいなかった。そして刑期を終えたといっても元罪人のレッテルを貼られた私に、世間は冷たくてね。職も得られなかった」

一つ、静かにため息をついてから、彼は口を開いた。

「そんな中、たまたま出会った小さな辺境の村で流感が流行《はや》っていて、回復魔法を使って回復して回ったんだ。……村人達は感謝してくれてね。その時私自身が救われた気がしたんだよ。だから、それを私のこれからの生き方として決めて、辺境を歩いて回っているだけのただの男だ」

自重気味に男が語る。

「そんな私に比べると、君は言葉や仕草が綺麗《きれい》だ。都会の良い家の生まれかな？」

そう尋ねてから、男はフィデスに彼の身の上と、辺境に住む人々の実情を教えた。

ポーションを買うこともままならず、ましてや、鉱山事故や魔獣の襲撃によって四肢を欠損したら、それを回復する術もないことを。

「……それでは、仕事も出来なくなってしまうでしょう？　彼らはどうなる……のですか」

恐る恐るフィデスが尋ねる。だって、四肢欠損なんて、仕事をする術を失うのに等しいのではないのだろうか。

「都会だと、貧民街《スラム》なんかで生きていかざるを得なくなるかな。田舎町であれば、親族が扶養してくれる場合もあるかもしれない。けれど、こんな辺境だと冬を越えられずに命を落とす人もいる。悔しいけれど私にはそこまでの能力はなくて、彼らまでは救えないんだ」

「――っ、私、出来ます！　パーフェクトヒールが使えます！」

フィデスが思わず叫んだ。彼女が俯き加減だった男の手を両手で掴《つか》むと、彼はフィデスを見つめて瞠目《どうもく》する。

「え？　パーフェクトヒールって、君はいったい……」

そして、フィデスは男に自分の事情を説明した。

元々はザルテンブルグの王都で聖女となるべく育てられてきたこと。ちやほやされることに甘んじて、聖女の職を神に剥奪《はくだつ》されたこと。

さらにそれを逆恨みして、新たに聖女とされた子に決闘を挑んで敗れたこと。それは、国王陛下と枢機卿猊下《げいか》の御前で行われ、もう、戻る場所もないことを。

そんな自分の身の上を、ポツポツと語ったのだった。

「……やっちゃったね」

男はそう言って穏やかに笑うだけで、フィデスの告白の内容を責めたりはしなかった。

だからなのだろうか。フィデスは思い切ってその思いを口にした。

「あのっ、私も、一緒に連れていってください。その、貴方《あなた》の贖いの旅に！　共に、罪を償いたいのです。今からでも、人々のために私の力を使いたいのです！」

その申し入れに、男が驚いたような顔をして大きく目を見開いた。

「無償での行為だ、貧しい旅だよ？　そして、誰も許すとは言ってくれないし、ただ、自分の心の救済になるかどうかだけの旅だよ？　一晩の宿に困ることすらあるんだ。それに、ついさっき会ったばかりの男と旅をする……信用するというのかい？」

男はフィデスの言葉に戸惑って、思《おも》い止《とど》まらせようとする。彼の旅は決して楽ではない。そして、フィデスがあまりに世間知らず過ぎだと思ったから。

「神様は、私の力まで奪うことはなさらなかった。だったら私は、救済の及ばない人達の一助となることで罪を贖いたいのです。そのために、神は私から力を奪わなかったのだと……、まだ見捨てられてはいないのだと、私がそう思いたいのです」

そして「それと……」と、フィデスが言葉を続ける。

「私は元とはいえ聖女です。痴漢の撃退ぐらい出来るほどには強いんですから！」

「痴漢は酷いなあ」

彼女の少し砕けた言葉に、仕方ないな、という風に態度を和らげた彼は笑う。そしてフィデスに手を差し出した。

「じゃあ、共に行こうか。……終わりのない贖いの旅へ」

フィデスは、その彼の手を取った。


教会の屋根。そこに、黒服の女が潜んでいた。

……自ら、道を見つけたか。

そう心の内で呟《つぶや》く彼女の名は『鳥』。ザルテンブルグの国王の命を受けて、アドルフとフィデスの監視を定期的に行っていたのだ。

フィデスの件は、陛下にご報告だな。

そして、あともう一人は……。

そこに、一羽の鳥が飛んできた。

それと入れ替わったかのように、彼女の姿は消え去っていた。

◆

アドルフは、まだハイムシュタット公国に留《とど》まっていた。

今は夜。

黒い空には星もなく月も見えない。厚い雲が天井となって覆い、それらを隠していた。天から彼を照らす物は、何一つなかった。

そんな凍《い》てついた夜を凌ぐために、そして獣が寄ってこないよう、彼は焚《た》き火《び》をしていた。

彼は冷たく突き放してきたフィデスを思い出す。「あいつは、生き延びていけるかな」と。

自分の犯した罪に比べれば、彼女はまだ救いの余地はあるだろう。

王国に見つかったとしても、自分ほどの断罪はされまい。

そう思って、彼は彼女を解放したのだ。

……僕は、変わったのか。それとも気の迷いか、気まぐれか。

フィデスは元聖女で教会に入り浸っていたせいか、アドルフが連れ回す間よく聞かされたものだ。

「あなただって、悔い改めれば、神はきっとお許しくださるわ」と。

アドルフは、焚き火の前で焼いた魚を食べ、そのまま、座り込んで焚き火にあたる。

凍てつく冬の寒風に炎が揺れる。時折、パチン、と薪《まき》がわりにしている小枝が火に爆《は》ぜた。

あとは、時折耳に届く獣の遠吠《とおぼ》え、それだけしか聞こえない。

「フィデスは、ちゃんと食べられているかな」

そういえば、逃亡期間中の食事に関しては、彼だけが火魔法を使えるので、自分が火を起こし二人分を用意していたっけ。

けれど彼女は火魔法を使えない。

獣を狩れても、火で焼けないのであれば、致命的だ。

食べていけるのだろうかと、生き延びられるのだろうかと、手放しておいて気になった。

「彼女が気になりますか？」

すると突然アドルフの隣から声が聞こえた。それに驚き彼は横を向く。

女と思しき声、全身を覆う黒い衣、顔には仮面を被り、その表情は読み取れない。

そんな、いかにも怪しい人間が、気配も悟らせず、アドルフの隣に並んで座っていた。

その彼女の正体は、ザルテンブルグの国王直下で働く、名もなき『鳥』。

アドルフはなんとなく肌で力の差を感じ、ぶるっと身を震わせた。

怪しい女だと思った。

けれど、フィデスと自分との関係性も把握されている。

彼女の問いに答えるのが賢明だろうとアドルフは判断して口を開いた。

「……そりゃ、あいつは火も起こせないし、そもそも女一人で放り出してしまったし。……大丈夫なのかな、とは思っている」

そうして、ずしりと心に重しのように残っている、フィデスに対する罪悪感を吐露した。

「変わりましたね、あなた。あれだけ子供の傲慢さと不遜さのままに力を誇示して、他者を踏《ふ》み躙《にじ》って生きていたというのに」

その女の言葉に、アドルフは、ぐっと息が詰まりそうになる。

なぜならそれは間違いようもなく、王都で甘やかされ将来を約束されていた頃の、愚かな自分のありようを言い当てていたから。

「自分の軽率な行為が、どういう結末につながるか、知ったからね。……まあ、今更後悔しても、もう遅いけど」

自嘲しながら、アドルフが笑う。

この女はなんだろう。

ここまで知られているということは、とうとう刺客にでも捉えられたか。

アドルフは自分の救いようのない人生を嘲笑する。

そして再び二人の間を沈黙が支配した。

「あなたに、選択権をあげましょう。……罪の贖い方についてです」

「……贖い？」

何を突然言い出すのだろうと、アドルフは身を構える。

「そう。罪や過ちの償いをすることを指す、古い言葉です。陛下からあなたに与えられた選択肢は二つだけ。一つは、死をもって罪を贖う。つまり、死罪です。あなたがそれを望むなら、私はあなたを望みどおりに殺してあげましょう」

淡々と『鳥』はアドルフに告げる。

その選択肢に、それも当然かと、アドルフは下を向いて笑う。それは、もうあの日から何度したかわからない自嘲だ。

「残りの一つは、ザルテンブルグの国王陛下直属の暗部として一生働くこと。……私のように。あなたの場合は、邪法を使った場合に検知して阻害出来るよう、一生外れない魔道具をつけることが条件です」

その思いもよらない選択肢に、アドルフは静かに息を飲む。

「ただし、仕事に清濁区別はありません。そうですね、国の裏の掃除屋のようなことも命じられます。今の私のように。国のために人知れず働くことで罪を贖っていく。それがもう一つの道です」

『鳥』の言葉に、アドルフは大きく目を見開いていく。

「……僕に、死以外の選択肢を与えるというのか？」

罪を、死以外の方法で償うという選択肢が、この僕に与えられるのか？

アドルフは自分で自分の肩を抱く。

そして彼自身も知れぬ間に、その頬《ほお》を温かい液体が伝う。

それは、彼の瞳からこぼれ落ちた涙。その温《ぬく》もりが、冷え切ったアドルフの頬を撫《な》でていく。

生きること。それはもう、どんなことをしても、決して自分には与えられないものだとアドルフは覚悟して、自分で自分を追い込んできたから。

彼女から教えられた生き方は、決して楽な人生ではないだろう。むしろもう一つの選択肢の方が楽だったと、悔いる日が来るのかもしれない。

それでも、罪を悔い、人のために生きていけるのだ。

その選択権を自分に与えてくれた国王陛下の温情に、思わず涙が溢《あふ》れ出たのだ。

風が空を覆っていた雲を追い払う。その隙間から覗《のぞ》く月が彼の頬を照らす。そしてその頬を伝う涙が、銀色に煌《きら》めいた。

「アドルフ。死を望みますか？　それとも私のように暗部の人間として生きますか？　これは決して生易しい生き方ではありません。……報いのない道かもしれません」

「僕、は……」

そうこぼして、アドルフが『鳥』に手を伸ばす。その手を『鳥』が掬《すく》いとる。

すると『鳥』は、反対の手で、ほんの少し仮面をずらし、瞳を覗かせた。

アドルフは、決意に満ちた瞳で頷《うなず》いた。『鳥』の瞳がそれを受け止める。

するとその瞬間、『鳥』の能力で二人は転移《テレポート》した。

移った先は、カーテンも締め切った小さな部屋。そこに、二人の男性がいた。

ただし、他にも無数の人の気配があり、きっと自分が何かしでかそうとすれば、その瞬間に自分の命は奪われるのだろうと、アドルフはゴクリと唾を飲み込む。

そこにいたのは、ザルテンブルグの国王と枢機卿。

アドルフの大罪をその場で目にした、この国を治める者と、神の言葉を聞き伝える者だ。

「暗部として、贖罪《しょくざい》の道に生きることを選んだようだね」

国王が、呆然《ぼうぜん》と立ち尽くすアドルフに声をかける。

立ち尽くしている己に気がついて、慌ててアドルフは膝を突き、首を垂れる。

「私にその道を行くことをお認めくださるのであれば……。今度こそ、道を違えず、国のために働くと、誓います」

その言葉を聞いて、枢機卿が満足げに頷き、懐から、鈍い銀色の指輪を取り出した。

「あなたは、邪法を行使する能力を得てしまっている。その力は、この魔道具で封印させてもらいます。あなたが叛意《はんい》をもって動き、その技を使おうとすれば、瞬く間にあなたはこの部屋を守る者達の手によって葬り去られるでしょう。それでも決意出来るのであれば、嵌《は》めなさい」

そう言って手渡された指輪は冷たく、アドルフには、何よりも重い枷《かせ》のように感じられた。

けれど、彼はもう何も知らない愚かな少年ではなかった。アドルフは意を決し、その指輪を自分で嵌めた。

それを見届けると、国王が満足げに表情を和らげた。

「名前は、何にしようか」

国王がしばし思案する。そこに、枢機卿が提案した。

「『鴉《からす》』はいかがでしょう。神々の使いとされる鳥の一種です。今後は、罪を悔い改め、贖罪のために国に尽くすこの子には、良い名ではないでしょうか」

「うん、そうだね。アドルフ、もう君はその名を名乗ることはない。『鴉』、それが君の名だ」

そう、アドルフは国王に告げられた。

『鴉』。

贖罪のために国に尽くす者。それが新たな僕だ。アドルフは一瞬目を伏せてから顔を上げる。

「この『鴉』、我が力をもって、陛下に、猊下に、国のために尽くします」

そう言って、アドルフ――『鴉』は首を垂れた。

◆

「さってと、フィデスはどこかな……」

黒い衣を纏《まと》った少年が、高い木の枝から、辺境にある小さな村を見回していた。

初期訓練の合間にと彼に与えられた最初の仕事、それは新たな道を歩み始めたフィデスの定期的な監視と見守りだった。

「聖女様～！」

その声に目を向けると、幼い二人の子供にまとわりつかれるフィデスがいた。

「私なんかが聖女な訳ないでしょう。本物の聖女様に失礼ですよ！」

そのそばでは、彼女をこの道に導いた青年も笑いながら見守っている。

子供達を叱るフィデスの言葉に、子供達は不満げに頬を膨らませる。

「だって、聖女様が父ちゃんのなくなった足を元に戻してくれたんだ！　父ちゃん、昨日早速、野うさぎを仕留めてくれたから、僕達、久しぶりにお肉を食べられたんだよ！」

「良かったわね」とフィデスが子供の頭を撫《な》でる。やがて彼らは『鴉』の視界から遠ざかっていった。

アイツ、そのうち『辺境の聖女』なんて呼ばれたりして。

『鴉』は、その日の当たる明るい光景に目を細めた。

道は違えども、二人は贖《あがな》いの道を選んだ。

彼らの夜明けも、そう遠くはないだろう。

彼らはその若さゆえに道を過ち、そして若いからこその柔軟な心で自分の過ちに気がつき、新たな人生を歩み始めたのだった。

書き下ろし短編　アリエルのパン工房デビュー

　これはまだアリエルがアトリエに住まいを移したばかりの頃のお話。

「ミィナさん！　パン工房のお手伝いをさせてください！」

　私と出会った旅先で、ミィナの焼いたパンを初めて食べたアリエルは、すっかりミィナの作るパンの魅力に取り憑《と》かれていた。だから、アトリエにいる時にはパン工房のお手伝いをしたいと、自ら率先して申し出た。

　錬金工房の方は、私とマーカスがいる。ただ、ミィナはパンを焼いたり、接客をしたりということを一人でこなしていたので、それはみんなにとって嬉《うれ》しい申し入れだった。

　そうしてアリエルは、本人の希望どおりパン工房の補助をメインに働くことになった。

「え？　私専用のエプロンですか？」

　朝食前のまだ早い時間、それをミィナから手渡されたアリエルが、きょとんとしていた。そして、首を傾《かし》げながら手渡されたエプロンを広げて眺めた。

「パン工房で働くとなったら、衛生に気をつけることも必要ですから。アリエルさんがデイジー様のご実家にいらしていた間に、用意しておいたんですよ」

　そう言って、アリエルとお揃《そろ》いの白いフリル付きエプロンを身につけたミィナが、にこりと微笑《ほほえ》んだ。

「可愛い……！　それに、私の専用！」

アリエルが、おひさまのように喜色を浮かべた。

「さあ、早速身につけてください。今日は、私のあとについて、仕事の流れを覚えてくださいね！」

真新しい白いエプロンを眺めてばかりいるアリエルを促しながら、ミィナがアリエルの背後に回る。そしてエプロンの紐《ひも》を背後でリボン結びにするのを手伝った。

「まず、昨日の夜のうちに仕込んでおいたパンを朝一にオーブンで焼くんです。焼き上がったら、そのパンを天板ごと取り出して、冷ましますよ。さあ、こっちです」

ミィナが揃いのエプロンを身につけたアリエルの手をとって、一緒に厨房《ちゆうぼう》のオーブン前まで連れていく。

「いい匂いがします！」

アリエルは、くんっと鼻をひくつかせたあと、キラキラと目を輝かせて、オーブンの中を覗《のぞ》き込む。そんなアリエルの隣に並んで、ミィナもオーブンの中を覗き込んでパンの焼き加減を確認した。

「ああ、ちょうどそろそろ焼けますね！　アリエルさんのミトンも用意しておいたので、オーブンからパンを取り出すのを手伝ってください！」

「はいっ！」

ミィナとアリエルは、色違いのお揃いのミトンを両手に嵌めて、せっせとパンの載った鉄製の天板を入れ替わりながら取り出し、パンの熱冷まし専用の棚に移動させるのだった。

「あれ？　この皺の寄ったようなパンはなんですか？」

天板を出す作業に一息つくと、アリエルがデニッシュを指さしながらミィナに尋ねた。

「うちのパン工房では、大きく分けて、ふんわりパンとデニッシュという二種類のパンを取り扱っているんです。で、アリエルさんが今指さしているのはデニッシュですね」

「美味《おい》しそう……なんだか、美味しそうな香りが強いです！」

触れはしない。けれど焼き立てのデニッシュに練り込まれたバターの香りに、アリエルが思わず顔を近づけて、じぃぃっとそのパンを見つめた。

「アリエルさんは、デニッシュは初めてですか？」

「はいっ！」

会話を続けながらも、デニッシュに注がれたアリエルの視線は動かない。そのあまりにも無邪気な様子に、ミィナがくすりと笑う。

「そうですねえ。じゃあ、今日の朝食のパンは、贅沢《ぜいたく》にデニッシュにしましょうか」

「え、いいんですか⁉」

その言葉に、わぁっと笑顔を浮かべて、アリエルが両手で拳を握る。

「これはバターたっぷりの贅沢なパンなんです。でも、一度じっくり味わってみることもお仕事の一つです。だって、一度も食べたことがなかったらお客さんにどんなパンかと聞かれても、答えられませんからね」

「やったぁ！　ミィナさん、ありがとう！」

思わずといった様子でアリエルがミィナに抱き付く。

「はわわわ。今、朝食分のデニッシュを取り分けているところなんですから、飛び付いちゃだめですよぅ～！」

アリエルはミィナに窘《たしな》められても、嬉《うれ》しさのあまり、ぎゅうっと抱き付く腕を緩めなかった。

そうして、その日の朝食はデニッシュとスクランブルエッグ、薄切りのハムに、トマトが添えられた。

デニッシュは生地の表面が手にくっつきやすいからか、一人一人にトレイの上に載せた濡《ぬ》れた手拭きも添えてある。

「「「いただきまーす！」」」

私とマーカス、ミィナとアリエルが、食事前の感謝の言葉を口にし、食事が始まった。

「うわあ、サクサクです！　でも、中はとってもしっとり。生地がもっちりとのびますね！」

アリエルが咀嚼《そしゃく》していた口の中のデニッシュを飲み込み終えると、「ん～！」とまだ口内に残るバターの香りにため息を漏らす。

「これで、アリエルさんもお客さんに商品の案内が出来ますね」

くすっと笑って私とミィナは微笑《ほほえ》み合うのだった。

「あれ？　新しい店員さん？」

揃いのエプロンを着て店頭に立つミィナとアリエルに目を止めて、常連の男女ペアの冒険者さんがミィナに訊《たず》ねた。

その声を耳にして、アリエルがミィナの隣に並んで立ち、ぺこりと頭を下げて挨拶をする。

「はい！　アリエルといいます。よろしくお願いします！」

まだ見た目に幼さの残るアリエルのその様子に、冒険者二人とミィナが顔を見合わせて微笑んだ。

「じゃあ、今日はアリエルちゃんにおすすめを教えてもらおうかな」

冒険者達の言葉に、アリエルがミィナに「どうしよう」といった風に目配せをする。それに対して、ミィナは「大丈夫ですよ」というように、にこりと目を細めた。アリエルは、一度ぎゅっとエプロンを握ると、意を決したように明るい笑顔を見せた。

「じゃあ、ご案内しますね！　今日のパンは四種類あって……」

アリエルが、冒険者二人を伴って、パンが並べられている棚の方へ案内し始めた。

その新米従業員の背中を見守りながら、ミィナは微笑むのだった。

あとがき

『王都の外れの錬金術師』三巻を手に取っていただいてありがとうございます。

皆様の応援のおかげで、ここまで続けることが出来たのだと思っています。感謝の念にたえません。


三巻では、リリーが義理の妹になって家族を巻き込んだ大騒ぎになったり、地方の錬金術師の卵のルックがアトリエに加わったりして、さらに賑やかになっていきます。

また、三巻冒頭の時点でアトリエを開店して一年弱経っています。デイジー自身も、アトリエのお客さんと接して自分の作った物が人の役に立っているという手応えを感じたり、化粧水などの新商品を考えたりと、経営者としていそしんでいるシーンを書き増しました。

さらに、二巻で敗退したドレイクとの再戦のために魔剣作りを始めたり、その時の冒険で手に入れた植物の種を交配してみたり。（科学の前身の学問である）錬金術を修める者として、最初のポーション作りだけに限定されず、色々なことにチャレンジしていきます。

さらに、国のためになる方法を考えて学校の創設に携わったり、孤児院の子供の生活を考えたりと、貴族的な側面も見せるようになってきました。

これからも、頑張って成長し続けるデイジーを応援していただければと思います。

それからコミカライズについて。

書籍とコミック一巻が同時発売されます！　コミックを担当してくださるのは、あさなや先生です。あさなや先生の描かれるデイジー達はとても生き生きとしていて可愛らしいので、楽しみにしていただければと思います。

書籍とコミックでは、伝えられる情報が違ってくると思っています。読者さんによっても好みもありますよね。それぞれ、異なった魅力を感じていただけたら幸いです。

どちらも選べないという方は、セットでのご購入を検討していただけると嬉しいです（笑）。

どうぞよろしくお願いいたします。


以降は謝辞になります。

カドカワＢＯＯＫＳの皆様には、二巻に引き続き、言葉では言い尽くせないほどお世話になりました。本当にありがとうございます。普段からご相談にものっていただき、感謝しきれません。

そして、純粋先生。デイジーや新登場のリリー達登場人物に、素敵な表情を与えてくださってありがとうございます。表紙はもちろんですが、口絵の女の子達の試着イラストのかわいらしさには、とても感激しました。

最後に。書き切れないほどのたくさんの方々のご尽力でこの本があるのだと思います。そんな、この本に関わる全ての方に、感謝しています。本当にありがとうございました。

カドカワBOOKS

王都《おうと》の外《はず》れの錬金術師《れんきんじゅつし》3
～ハズレ職業《しょくぎょう》だったので、のんびりお店経営《みせけいえい》します～

2021年12月10日　初版発行

著者／yocco
発行者／青柳昌行
発行／株式会社KADOKAWA
〒102-8177
東京都千代田区富士見2-13-3
電話／0570-002-301（ナビダイヤル）
編集／カドカワBOOKS編集部
印刷所／暁印刷
製本所／本間製本

Printed in Japan
ISBN 978-4-04-074355-4 C0093

新文芸宣言

かつて「知」と「美」は特権階級の所有物でした。

15世紀、グーテンベルクが発明した活版印刷技術は、特権階級から「知」と「美」を解放し、ルネサンスや宗教改革を導きました。市民革命や産業革命も、大衆に「知」と「美」が広まらなければ起こりえませんでした。人間は、本を読むことにより、自由と平等を獲得していったのです。

21世紀、インターネット技術により、第二の「知」と「美」の解放が起こりました。一部の選ばれた才能を持つ者だけが文章や絵、映像を発表できる時代は終わり、誰もがネット上で自己表現を出来る時代がやってきました。

UGC（ユーザージェネレイテッドコンテンツ）の波は、今世界を席巻しています。UGCから生まれた小説は、一般大衆からの批評を取り込みながら内容を充実させて行きます。受け手と送り手の情報の交換によって、UGCは量的な評価を獲得し、爆発的にその数を増やしているのです。

こうしたUGCから生まれた小説群を、私たちは「新文芸」と名付けました。

新文芸は、インターネットによる新しい「知」と「美」の形です。

2015年10月10日

井上伸一郎